묵적지수(墨翟之守)

이음희곡선

서민준

묵적지수(墨翟之守)

일러두기

제8회 벽산희곡상 수상작인 「묵적지수」는 2019년 6월 26일부터 7월 7일까지 남산예술센터 드라마센터에서 초연되었다. 이 책은 그 공연에 맞추어 발간되었다.

공연의 출연진 및 제작진 크레디트는 다음과 같다.

작	서민준
연출	이래은
출연	경지은, 민대식, 박훈규, 성수연, 오지나, 이미라, 최희진, 하지은, 임원옥
제작PD	이시은
드라마터그	유원식
무대/소품	오정은
무대 어시스턴트	임예지
조명	신동선
음악	이태원
의상	안데스
움직임	손지민
무대감독	전서아
조연출	심지후
액팅코치	장재키
배리어프리 자문	문영민
배리어프리버전 제작	(주)사운드플렉스스튜디오

차례

등장인물

묵적
초혜왕
공수반
장질
자발
자한
맹승
태복
그 외 병사들, 궁녀들, 보초들.

때
초혜왕 50년 (기원전 439년)

곳
전국시대 초나라

1막

1

어두운 밤, 비가 내린다.
성벽을 지키는 병사의 코 고는 소리.
조용하게 성벽 앞에 당도한 묵적(墨翟).

묵적   급히 초에 볼 일이 있어서 왔으니 성문을
　　　　열어주시오.

병사   (잠에서 깨어) 누구냐? 초에 방문한 까닭은 무엇이냐?

묵적   공수반을 뵈러 왔소.

병사   헤진 옷에 겨우 거지꼴을 면한 놈이 남의 나라 대부
　　　　존함을 함부로 이르느냐! 공수 대부를 뵈려는
　　　　이유가 무어더냐?

묵적   전쟁을 막으러 왔소.

병사   그것 참 회까닥한 놈이다. 우리는 전쟁을 할 조짐도
　　　　없으니 잘못 온 것이다. 이름은 무엇이냐?

묵적   묵적이라 하오.

병사   네 이놈! 어찌 노숙객이 묵가의 두목을 칭하느냐
　　　　네놈이 수상해 문을 열어줄 수 없으니 내일 다시
　　　　오라.

묵적   급한 일이오.

병사   급한 일이어도 어쩔 수 없다. 내일 다시 오라.

묵적   이보시오! 이보시오!

돌아오지 않는 대답.

2

무대 위 탁자에 '운제' 모형 하나. 운제(雲梯)는 공성전에서
성을 오르기 위한 사다리차로, 당시로서는 가장 최신식
병기였다.
초혜왕은 묘산(廟算)을 준비 중이다.
묘산이란 『손자병법』(孫子兵法)에 나오는 전략으로, 전쟁
전에 상대편과의 비교를 통해 승패를 가늠하는 행위이다.

초혜왕 전쟁에서 가장 가슴이 뛸 때가 바로 이 묘산을 할
      때다. 게다가 지금처럼 그 풀이가 아군에게
      유리하다면 얼마나 즐겁겠는가? 황차, 아군에는
      운제까지 있으니 사실상 이 묘산은 풀이할 까닭도
      없는 것 아닌가? 묘산에서 아군이 우세하여
      즐거울진대, 묘산 풀이를 하지 않아도 될
      우세함이니, 내가 즐거운 겐지, 즐겁지 않은 겐지
      도통 모르겠단 말이지. 하지만 묘산을 하지
      않는다면 공수 대부가 섭섭하겠지. 마침 저기
      공수반이 오는구나.

공수반, 입장.

공수반 (방백) 송을 공격하는 데 변수가 하나 생겼으니,
      이를 상감께 어찌 알려야 할 겐가?
      (초혜왕에게) 아뢰옵기 황송하오나 상감. 아무리

초가 우세하달지라도 묘산은 손무(孫武)가 말한
전쟁의 절차가 아니겠습니까? 신은 묘산을 꼼꼼히
훑을 필요가 있다고 간언 드리옵니다.

초혜왕   공수 대부, 뭘 그리 걱정하는 겐가? 송(宋)은
어차피 송양지인(宋襄之仁)[1]의 나라가 아닌가!

초혜왕, 크게 웃지만
공수반, 웃지 않는다.

초혜왕   … 허나 내 공수 대부의 충언을 친히 들으리라.
그렇다면 묘산을 제대로 검토해보도록 하지.

공수반   예, 상감. 우선 송은 오백 리밖에 되지 않는
소국입니다. 송의 도성은 그 십분지 일도 채 되지
않습니다. 도성 인근의 읍(邑)은 제대로 개간되지
않아 송의 군대가 주둔하고 있을 가능성은
희박합니다. 만일 이곳에서 야전이 벌어진다고
하더라도, 아방(我方)에 위협이 되지는 않을
것입니다. 고로, 예상했던 대로 전투는 성을
둘러싸고 벌어질 수밖에 없사옵니다.

초혜왕   공성(攻城)!

공수반   예, 상감. 피방(彼方)의 도성에 주둔하는 인구가
오천을 채 넘지 않으니, 군인을 닥치는 대로
긁어모은다고 해도 채 이천이 넘지 않을 것으로 계
(屆)하옵니다.

초혜왕   풍전등화(風前燈火)라.

---

1   '송나라 양공의 인정'이라는 뜻으로, 쓸데없는 관용을 이르는 말이다.
춘추전국 때 송인은 어리석다는 평가를 받았다.

공수반 　또한 송은 육 년 전 우리의 공격으로 인해 아직도
　　　재건이 완료되지 않은 상태이옵니다. 게다가 올해,
　　　송은 흉작이었다고 하옵나이다. 혹여 공성의
　　　공방이 장기로 치닫는다 하더라도 길게 잡아
　　　달포를 버티지 못할 것이옵니다.

초혜왕 　일촉즉발(一觸卽發)이라.

공수반 　전쟁에서 가장 중요한 것은 명분이라
　　　하였사옵니다. 송은 정치가 안정되지 못하고,
　　　조정은 부패하였나이다. 하여 온갖 간궤(姦宄)[2]가
　　　온갖 간계(姦計)를 부림을 계합니다. 송의 여민은
　　　환난에 빠져 어찌할 줄 모를 지경이라 합니다.
　　　게다가 송인은 여즉 사람이 골재(骨材)로 밭을 갈
　　　지경이라니 측은의 깊이를 잴 자도 없을
　　　지경이옵니다.

초혜왕 　아. 우리가 송을 점령하는 것이 송의 백성을 위한
　　　길이로다.

공수반 　갑골(甲骨)에 점을 쳐보니 껍질이 위로 갈라져 길
　　　(吉)한 점괘가 나왔사옵니다.

초혜왕 　천명이 우리를 이끄는구나.

공수반 　하오나 손자는 '공성은 부득이한 경우가 아니라면
　　　하지 않는 것'이라 했사옵니다.

초혜왕 　손무가 만약 공수 대부와 같은 때에 살았다면 그런
　　　말은 하지 않았을 거요.

공수반 　(방백) 모자란 구석이 하나 없으나, 내 걱정이
　　　있으니 어찌 상감께 알려야 할 겐가?

2　안과 밖의 도적을 가리키는 말. 『서경』(書經) 참고.

（초혜왕에게） 황송하옵니다, 상감. 그렇지 않아도
운제는 이미 열 기(十機)가 제작되었사옵니다.

초혜왕, 운제의 모형을 살펴본다.

초혜왕   봐도, 봐도 공수 대부의 솜씨는 참으로 신묘하단
        말이지. 어찌 이리 용한 병기를 고안한 겐지 놀랍단
        말이오.

공수반   칭찬이 과분하옵나이다.

초혜왕   그래, 손자의 말대로 공성은 부득이한 경우가
        아니라면 하지 않는 것이 옳소. 하지만 내 공수
        대부가 이 운제라는 걸 가져왔을 때, 이 병기가
        전쟁의 판도를 바꾸게 될 것이라는 생각에 가슴이
        뛰는 걸 멈출 수가 없었다네. 성벽을 타고 올라가는
        병기라니, 정말 허를 찌르는 듯했네! 도성 내로의
        진입이 이리 쉬웠다면 공성을 지난히 끌 까닭이
        무엇이겠는가! 내 이 병기를 시험해보고 싶어
        밤잠도 설쳤지 뭐요?

공수반   그 점은 신도 마찬가지입니다.

초혜왕   육 년 전, 송과 같은 소국을 절멸(絶滅)치 못했던
        것 역시 공성에서 우위를 점하지 못했기 때문.

공수반   뼈에 사무치는 회한입니다.

초혜왕   그때, 운제가 있었다면 초는 이미 열국의 패권을
        장악했을 터.

공수반   하오나, 운제가 있다고 하여 묘산을 가벼이
        여겨서는 안 될 것이옵니다. 상감께서 미천한
        소인의 재주를 귀여워해주시는 것은 감사하오나

	손자는 전쟁에서 장수를 임용하는 것의 중요함을 역설하였습니다.
초혜왕	이 전쟁은 무엇보다 공수 대부의 운제를 시험하는 것이 목적이 아니겠소? 신병기의 효용을 시험하고 검토하여 향후 월(越)과의 전쟁을 대비하고자 하는 게 아니오? 그렇다면 누구보다 운제를 잘 아는 공수 대부가 전쟁을 이끎이 옳다는 것이 과인의 판단이오.
공수반	하오나, 신은 전쟁을 지휘해본 경험이 없사옵니다.
초혜왕	공수 대부는 참 걱정도 많소. 내, 공수 대부를 안심시켜 드려야겠구먼. 밖에 있는 자발과 병사들은 안으로 들라!

병사들, 전(前) 영윤[3] 자발, 입장.

병 1	예!
병 2	예!
초혜왕	병사! 공수 대부가 전투를 지휘하는 것에 불만이 있나?
병 1	없습니다!
병 2	없습니다!
초혜왕	자발은 공수 대부가 장수로 임명됨에 도움을 줄 것을 약조하는가?
자발	영윤에서 물러나 그저 늙어 소일거리 할 노릇밖에 없는 소인의 뜻이 노반께 도움이 된다면야 어찌

---

3   초나라의 직위로, 정치의 최고 관직명이다. 전쟁을 지휘하는 것 역시 주요 업무였다.

상의를 좇지 않겠사옵니까?

초혜왕 병사들 뜻도 자발의 뜻도 짐과 같을진대, 공수
대부는 송과의 흥융(興戎)⁴에 분용(奮庸)⁵하여
주시지요.

공수반 신, 망설이는 것이 아니옵니다. 자신이 없는 것도
아니옵니다.

초혜왕 (방백) 노반이 무언가 숨기고 있는 것이 분명하구나.
운제를 제작하고 의기양양하던 공수 대부의 모습이
아니다.
(공수반에게) 무슨 일인지 이르시오, 대부!

사이.

공수반 실은… 어제 묵가(墨家) 놈이 저를 찾아왔습니다.

초혜왕 묵가의 유세객이 어찌하여 대부를 찾아왔소? 같은
공인 출신이라 자리를 부탁하더이까?

공수반 아닙니다. 유세객이 아니라 묵가의 거자(鉅子)⁶가
찾아왔습지요.

자발 거자라면 묵가의 두목 말입니까? 그렇다면, 묵적
(墨翟)이?

초혜왕 묵적이 어인 일로 공수 대부를 찾아왔다는 것이오?

공수반 송과의 전쟁을 중단할 것을 권하러 온
것이었습니다.

초혜왕, 자발, 놀란다.

---

4 전쟁을 일으킴.
5 '힘써서 일하다'라는 뜻. 『서경』(書經) 참고.
6 '묵가 교단의 대장'을 뜻하는 말.

초혜왕   초가 전쟁을 계획 중인 사실을 그놈이 어찌 알고
            있단 말이오?

공수반   그것이 신도 짐작이 짚이는 데가 없사옵니다.

자발   그 계획은 고관대작이나 아는 사실이 아니오?

초혜왕   공수 대부, 소상히 고하시오!

3

(앞 장면에 이어서)

공수반   예! 상감. 그것이, 어제 점심경이었습니다. 갑자기
            어린 노비 녀석이 귀한 손님이 오셨다고 호들갑을
            떨기에, 손님을 들여보내라고 하였지요.
            "들라 하라!"

묵적, 입장.

공수반   땟국물에 헤진 옷을 입고 거지꼴을 겨우 면한
            초로의 사내가 들어왔기에, 잠시 동안 손님을 잘못
            들여보낸 것이 아닌가 하였지요. 저는 그 사내를
            보고 이렇게 물었습니다.
            "이름이 어떻게 되오?"

묵적   성은 묵이고, 이름은 적이외다.

공수반   깜짝 놀랐지요. 상감께서도 아시다시피 저나 궐자
            (厥者)나 같은 노(魯)나라 출신이라, 그자의
            명성은 신이 어릴 때부터 익히 알고 있었사옵니다.
            재간이 좋고, 덕성이 높기로 명망이 자자했지요.

"묵자께서 어인 일로 이리 누추한 곳에?"

묵적 　　누추하긴요. 백 명이 편히 몸을 뉘기에도 충분해
　　　　 뵙니다만.

공수반 　묵자께서 절용(節用)[7]을 강조하신다는 걸
　　　　 잊었군요. 그렇담 대접도 필요 없으시겠지요?

묵적 　　제게 대접할 양식이 있다면, 도성 내에 끼니를 거른
　　　　 자를 찾아 그에게 주는 편이 낫겠습니다.

공수반 　끼니를 거른 자가 한둘이 아니라면…?

묵적 　　공평하게 한입씩 나누라고 해야지요. 배부른 자
　　　　 하나보다는 덜 굶주린 열 사람이 나을 테니까요.

공수반 　과연 겸애(兼愛)[8]라. 하오나 배부른 열 사람이 더
　　　　 낫지 않겠습니까?

초혜왕, 눈살을 찌푸리며,

초혜왕 　묵자가 겸애하단 사실은 내 역시 알고 있으니
　　　　 논담은 그쯤 하시오.

공수반 　예, 상감. 어쨌든 신은 그에게 이렇게 물었지요.
　　　　 "어인 일로 노나라에서 먼 길을 행차하신 겐지요?"

묵적 　　공수 선생의 솜씨가 만만찮다는 이야기를
　　　　 들었습니다. 도움을 좀 구하러 왔지요.

공수반 　묵가야말로 소인보다 솜씨 좋은 공인이 많지
　　　　 않습니까? 묵자께서도 소인보다 솜씨가 훌륭한
　　　　 것으로 알고 있습니다만?

묵적 　　과찬이시오. 소인은 이제 많이 늙어 나무를 재단할

7 　'재물을 아낀다'는 뜻으로, 묵가의 주요 사상 중 하나다.
8 　'더불어 사랑한다'는 뜻으로 유가의 차등에 따른 사랑과 반대되는 묵가
　　사상의 핵심.

힘도 없소. 묵가의 공인들도 제작 능력은 공수
선생의 솜씨에는 한참 못 미치지요.

초혜왕, 고개를 끄덕이며,

초혜왕   묵적이 옳은 말을 했소. 과인은 묵가의 공인을 전부
               내준다 해도 공수 대부와 바꾸지 않을 것이오.

공수반   상감, 감사하옵니다. 하오나 묵가의 기술력 역시
               공인들 사이에서는 신통방통하기로
               유명하옵나이다. 특히 수성(守城) 병기 제작에
               있어서는 천하제일이지요.

자발   공수 대부는 공성 병기 제작에 있어 천하제일
               아니옵니까.

공수반   하오니 둘 중 하나는 필패하겠지요.

초혜왕   모순(矛盾)이라는 겐가.

자발   한데 내 듣기로는 묵적이 도에 신통해 죽은 자를
               살리는 사이갱생술(死而更生術)과 같은 선술을
               사용할 수 있다던데 진정입니까?

공수반   아니오. 원래 공인의 솜씨가 특출하면 환술과
               구분하기 어려운 법이지요. 세인들이 소인을
               일컬어 도인이라고 하는 것과 같은 이치지요.

묵적   세인들은 대부의 솜씨가 뛰어나 도인에 근접한다
               이르던데요? 듣자하니 공수 대부가 만든 나무 새는
               삼 일 넘게 하늘에 떠 있었다던데요.

공수반   묵자께서도 비슷한 것을 만드셨다고 들었사오만.

묵적   소인이 만든 것은 목연으로, 전장에서 사람을 죽일
               때나 쓰는 것이지요. 쓰임이 죽임에 있음이니

대나무 광주리에도 견줄 바가 못 되는 것이오.

공수반 　묵가의 공학(工學)은 치밀하기로 유명할진대
　　　　겸손이 과하십니다.

묵적 　내 일종의 화공(火攻) 병기를 제작 중인데 뜻대로
　　　　되지 않아 공수 대부를 찾아왔소.

초혜왕, 공수반에게 질문하며,

초혜왕 　병기라?

공수반 　예, 상감. 묵가는 아직 철기를 제련하는 기술이
　　　　부족하다더군요. 돌이켜 생각해보면 믿을 수 없는
　　　　얘기긴 하옵니다.

자발 　어떤 종류의 병기였습니까?

공수반 　말로 설명하기가 조금 어렵사옵니다만… 일종의
　　　　쇠뇌 같은 거랄까요? 작은 철제 부품이 필요한데,
　　　　그걸 만들어 달라고 부탁했지요. 어려운 일은
　　　　아니다 싶어서 하인을 시켜 부품을 만들어 오게
　　　　시켰습니다.
　　　　"이만하면 됐습니까?"

묵적 　훌륭합니다!

묵적, 소매에서 금을 꺼낸다.

묵적 　한 가지 더 부탁드릴 것이 있소.

공수반 　금까지 내어가며 부탁할 것이 무엇이지요?

묵적 　이 병기의 성능이 궁금해서 그러니 한 사람을
　　　　죽여주시오.

공수반	뭐요?
자발	뭐라?
초혜왕	뭣이라?
묵적	열 금(十金)이면 부족하오?
공수반	아, 아니 잠깐만요.
자발	아, 아니 잠깐만.
초혜왕	아, 아니. 잠깐. 묵적 그놈이 그런 부탁을 했다고?
공수반	예! 소인도 처음에는 신의 귀를 의심하였사옵니다.
초혜왕	사람들을 차별 없이 사랑해야 한다고 주장하는 묵가가? 비공(非攻)[9]을 주장하여 방어만을 강조하는 그 묵가가? 그 거자가 암살을?
공수반	당연히 거절했지요. "소인은 사람을 죽이는 일을 하지 않습니다. 아무래도 잘못 찾아오신 거 같으니, 이만 돌아가시지요!"
묵적	내 듣기로는 공수 대부는 돈만 주면 사람을 죽이는 일을 거리낌 없이 한다던데요?
공수반	어디서 그런 낭설을 들었는지는 모르겠소만, 저는 의로운 사람입니다. 어찌 제가 사람을 죽이는 일을 할 수 있단 말입니까?
묵적	전쟁으로 사람을 수천 죽이는 일은 괜찮습니까?

초혜왕, 소리친다.

초혜왕	덫에 걸렸구나!

---

9 '공격하지 않음'을 뜻하는 말로, 오늘날로 말하자면 반전(反戰)이다. 묵가의 주요 사상 중 하나.

공수반	맞습니다! 저 역시 같은 기분이었습니다.
초혜왕	전쟁과 살인이 어찌 같으냐고 반문해보지 그랬나?
공수반	그렇지 않아도 그와 같이 얘기하고 이리 덧붙였나이다. "본디 국가는 어버이와 같은 게지요. 어버이의 명령을 따르는 것은 의로운 일이 아니겠습니까?"
묵적	한 사람을 죽이는 일이 인(仁)하지 않다면 열 명을 죽이는 일은 인하겠습니까? 어찌 무수한 사람을 죽이는 일이 의롭다 하십니까? 황차, 인을 말하는데 어찌하여 인하지 않은 어버이의 명령을 듣는 것이 인하다고 말씀하시는 겝니까?

사이.

공수반	한동안 아무 말도 할 수 없었습니다. 그놈의 눈은 마치 제 속을 꿰뚫고 있는 듯했습니다.
초혜왕	우리가 송을 칠 것이란 계획을 어찌 알고 있는 것인지 물어보지는 않았나?
공수반	그게… 그렇지 않아도 그 사실을 어찌 알고 있는 것인지 물어보기는 했사옵니다.
묵적	묵가는 어디에나 있지요. 초나라에도 묵인(墨人)이 많사옵니다.
초혜왕	그렇다면, 내부에서 정보가 샜다는 말인가? 묵인들 대부분이 공인이니, 공수 대부의 부하 중 하나가 정보를 흘렸을 가능성은 없나?
공수반	공인들은 운제의 용도도 알지 못하옵니다. 그저 사다리차인 줄로만 알고 있지요.
자발	신도 처음에는 운제가 병기일 줄은 상상도 하지

못했사옵니다.

초혜왕 그래서 어찌 되었소?

공수반 저한테는 전쟁을 멈출 권한이 없다고 했습니다.
　　　그랬더니 작자가 그러더군요.

묵적 좋소! 그럼 왕을 배알(拜謁)케 해주시오.

공수반 그래서 직접 상감께 말씀드려 보겠다고
　　　했사옵니다.

초혜왕 좋소! 그럼 묵적을 들라 하시오.

　　　4

(앞 장면에 이어서)

묵적, 세 걸음을 걸어와 초혜왕 앞으로 간다.

묵적 소인, 묵적, 초 왕께 인사드리외다.

초혜왕, 깜짝 놀란다.

초혜왕 빨리도 행차했소. (사이) 과인이 초 왕이외다.

묵적 소인, 왕의 명성은 익히 들었나이다. 초 왕께서
　　　현덕(賢德)하고 삼사(三事)[10]를 잘 다스려 초의
　　　여민(黎民)은 굶는 자가 없다더군요.

초혜왕 내 송을 점령하면 덕치(德治)하여 그들도 굶지
　　　않게 할 것이오.

————

10 '정덕, 이용, 후생'을 일컬음.

20

묵적	무용한 흉융을 하지 않는 게야말로 덕치지요.
초혜왕	어찌 송과 전쟁하는 것이 무용하단 게요?
묵적	왜냐하면 초가 얻을 것이 없기 때문이옵니다. 초와 송의 관계는 마치 호화로운 비단옷과 거친 베옷의 관계와 같지요. 호화로운 비단옷을 걸치고 거친 베옷을 훔치려고 하는 것이 유용하다고 할 수 있겠습니까?
초혜왕	송이 초가 된다면, 베옷이 비단옷이 되는 것 아니겠소?
묵적	베옷을 피로 적시게 되겠지요.
초혜왕	그것은 과정에 불과하오.
묵적	왕께서는 과정이라 하는 것을 세인은 삶이라 하지요. 전쟁이 일어나면 많은 사람들이 괴롭고 죽게 될 겁니다. 송인은 물론이고 초인도 그럴진대, 어찌하여 뜻을 굽히지 않으시는 겁니까?
초혜왕	송은 조정이 부패했고, 백성들은 굶고 있소. 과인은 그들을 정복하여 더 나은 국가로 만들 생각이오. 그 덕에 초는 열국에서 명성을 드높일 테지요.
묵적	왕께서는 명성을 얻고자 하시는 겁니까? 왕께서 진정 명성을 얻고자 하신다면, 전쟁을 하지 않는 쪽을 택하시는 것이 옳지요.
초혜왕	과인은 송과의 전쟁을 그만둘 생각이 없소.
묵적	운제를 그리 시험해보고 싶나이까?

사이.

| 초혜왕 | 그 얘긴 어디서 들었소? |
| 묵적 | 묵가는 어디에나 있지요. 초나라에도 묵인(墨人)이 |

많사옵니다.

초혜왕   그 묵인이 누구요?

묵적   초나라 백성 모두 다 어떤 면에서는 묵자지요.

초혜왕   당장 그자가 누군지 밝히시오!

묵적   송을 쉽게 제압하면, 월을 침략할 테지요?

초혜왕   당장 밝히지 못할까!

묵적   월은 상감 모친(母親)의 나라가 아니오?

초혜왕   병사들! 저자를 포박한 뒤, 그자가 누군지
          추궁하라!

병사들   예!

병사들, 묵적을 향해 다가간다.

묵적   상현(尙賢)[11]해야 하현(下賢)하는 법이오! 옳은
          말을 하는 불고(不告)한 자를 모두 포박한다면,
          왕께서 그리 얕잡아 이르는 송인과 다를 게
          무엇이오!

초혜왕   조용히 못 할까!

묵적   만약 왕께서 지금 소인을 포박하신다면 내 말이
          옳다는 것을 왕께서 스스로 증명하시는 셈이오!
          좋소! 나를 포박하고 가두시오! 하오나 그렇다면
          송을 쳐서는 절대 안 될 것이오!

초혜왕   조용! 조용! 조용!

사이.

---

11 현명함을 숭상하여 아래를 다스려야 함을 뜻하는 묵가의 사상.

초혜왕　　… 병사들은 자리를 지켜라! 내 아직 저놈과 할
　　　　　말이 남았다!

병사들, 눈치를 보며 뒷걸음질을 친다.

묵적　　　고금을 통틀어 병기를 시험하기 위해 전쟁을 한
　　　　　바는 없었소이다. 이는 어린아이가 새로운
　　　　　장난감을 자랑하고자 하는 것과 다를 바가
　　　　　무엇이겠습니까?
초혜왕　　이놈! 국가의 대의를 어찌 장난감 놀이에 비하는
　　　　　겐가!
묵적　　　국가의 대의가 장난감 놀이라는 게요!
초혜왕　　송과의 전쟁은 국가의 대사이며, 명분도 충분하다.
　　　　　내 결코 전쟁을 그만둘 일은 없을 것이니, 묵자는
　　　　　그만 그 입 닫으시오.
묵적　　　저는 지금 왕을 위해 이야기하는 것이오. 왕께서는
　　　　　전쟁을 그만두시는 편이 이로울 것입니다.
초혜왕　　송과 같은 나라에 초가 질 거란 얘긴가?

초혜왕을 포함한 좌중 웃음.

묵적　　　이미 금골리(禽滑釐)와 맹승을 포함한 묵자들이
　　　　　송의 도성을 수비하고 있습니다. 우리는 결코 초에
　　　　　패배하지 않을 것입니다. 운제를 막을 방법 역시
　　　　　이미 모두 궁리해놓았지요.
초혜왕　　어리석은 놈. 흑색에 백색을 보태도 어차피
　　　　　검은색일진대, 아무리 묵가의 수성이 뛰어난들
　　　　　송과 같은 나라에 힘을 더한다고 무엇이 달라질 것

묵적	묵가는 수성에서 한 번도 대패한 적이 없다는 걸 모르시옵니까?
초혜왕	그렇담 과인이 묵가를 상대로 대승해보리다.
묵적	송과의 전쟁에서 지게 된다면 초는 매우 부끄러울 테지요?
초혜왕	물론 그렇겠지. 하지만 그럴 일은 없을 거요.
묵적	그렇다면 내 더더욱 왕을 설득해야겠군요. 송은 결코 패배하지 않을 것이오.

좌중, 한바탕 웃음.

초혜왕	전쟁이 끝나기 전까지는 어차피 알 수 없는 일 아니오. 내 송과 묵을 응원할 터이니, 그만 돌아가시오.
묵적	전쟁을 시작하기도 전에 알 수 있는 방법이 있지요.
초혜왕	묘산을 말하는 게요?
묵적	비슷한 게지요. 한 번 전략을 겨뤄보지요. 말하자면… 모의전쟁(模擬戰爭)을 해보자는 겁니다.
초혜왕	한 나라의 대의를 잡희(雜戲) 따위로 결정하라는 겐가! 무슨 말 같잖은 이야기를 하는 게요? 썩 물러나시오!

이를 지켜보던 공수반, 초혜왕에게 가 말한다.

공수반	상감…!
초혜왕	뭔가?

공수반	묵적의 제의를 받아들이실 것을 앙청(仰請) 하옵나이다.
초혜왕	뭐라?
공수반	묵가의 수성술을 엿볼 수 있는 좋은 기회입니다. 우리 측의 기술 향상에도 분명히 도움이 될 것이며, 송과의 전쟁에서도 쓸 만한 전략을 생각해볼 기회가 될 것입니다. 이미 저들이 운제를 알고 있다면, 운제의 파해법(破害法)도 생각해두었을 것이 분명합니다.
초혜왕	공수 대부는 전쟁에서 이길 자신이 없나?
공수반	아닙니다. 소인, 말씀 드리긴 송구스러우나 운제는 최선의 공성무기입니다. 하오나 저들의 수성술을 엿보게 된다면 운제의 사용법이나 기술 일부를 개선할 수 있는 좋은 기회가 될 것이옵니다. 또한 모의전쟁에서 저놈에게 패배할 일은 절대 없을 것입니다. 아무리 묵가가 돕는다고 하여도 송과 초의 싸움은 계란으로 바위 치는 격이 아니겠습니까? 애초에 질 일이 없다면, 저자의 계략을 미리 알아내어 실제 전쟁에서 초의 손해를 줄이는 것 또한 좋은 방법 아니겠습니까?
초혜왕	그도 그렇군.
공수반	또한 송에 정보를 넘긴 자를 찾아야 합니다. 찾아서 일벌백계토록 해야지요.
초혜왕	하지만 과인은 묵적의 제안이 아직도 꺼림칙하오. 저자의 논담처럼 어딘가 덫을 놓는 것같이 느껴지오.
공수반	약속은 약속일 뿐이지요. 만약 묵적이 모의전에서 이긴다 하더라도, 약속은 이행하지 않으면 그뿐

아니겠습니까? 하지만 초는 그만큼의 정보를 얻게
될 것입니다. 그리고, 진짜 전쟁에서 그 정보를
써먹을 수 있겠지요.

초혜왕, 묵적과 공수반을 번갈아가며 본다.

초혜왕　　자발의 뜻은 어떻소?
자발　　　대부의 말이 이치가 선다고 생각하옵니다. 제안을
　　　　　받아들이는 편이 낫겠사옵니다.
초혜왕　　공수 대부는 묵적을 이겨 명성을 드높이고 싶은
　　　　　모양이오?
공수반　　소인, 그럴 의도로 말씀드린 것은 아니오나.
　　　　　모의전에서 이기고, 진짜 전쟁에서도 이긴 뒤,
　　　　　묵가의 그 누구보다 제가 공인으로서 훌륭하다는
　　　　　사실을 증명해보겠습니다.
초혜왕　　알겠소. 해보시오.
공수반　　감사합니다, 상감.

공수반, 묵적의 앞으로 간다.

공수반　　모의전을 해보지요.
묵적　　　공수 대부가 진다면 송과의 흥융을 단념할
　　　　　것이라는 왕의 확언이 필요하오.
공수반　　상감, 신은 결코 패배하지 않을 것입니다.

초혜왕, 눈치를 살핀다.

초혜왕　　좋소!

묵적	그렇다면 모의전을 하도록 하지요.
공수반	규칙은 어떻게 되오?
묵적	전쟁과 꼭 같이 하도록 하지요. 진짜 병사를 쓰고, 진짜 성벽을 두고 전투를 하지요.
자발	논담으로 전략을 겨루자는 게 아니었소?
묵적	논담은 전쟁의 과정을 모두 생략하게 되지요. 그 과정을 세인은 삶이라 하오.
공수반	꼭 같이 하자면 병력도 그대로 하자는 겁니까? 그건 잡희 치곤 너무 많소.
묵적	아닙니다. 재용(財用)을 절용해야지요. 가용하는 병력은 실제 병력의 백분지 일로 하지요. 그 외엔 전쟁과 꼭 같되, 단 한 명의 사상자도 나지 않아야 한다는 점을 유일한 규칙으로 하지요. 벼린 무기나 촉이 있는 활을 쏘는 것을 금하도록 할 것을 제안하오.

공수반, 생각한다.

공수반	그 점은 좋소! 하오나 정확히 송의 현재 상황을 재현해야 할 것이오. 가용할 수 있는 병력도 정확하게, 송의 낡은 성벽도 정확히 재현해야 하오.
묵적	좋소.
초혜왕	공성을 행할 곳은 과인이 임의로 정하겠소. 송의 팽성(彭成)은 높이가 오 치[12]밖에 되지 않으니, 북쪽 성벽이 송의 도성과 높이나 크기가 비슷할 것이오.

---

12 『고공기』의 도량형을 참조함. 치(雉)는 판축의 단위로, 5치는 오늘날의 도량형으로 11.55미터에 해당함.

묵적   좋습니다.

초혜왕   묵자는 혈혈단신(孑孑單身)으로 온 것이오까?
               내 그렇다면 병력은 초의 군대를 빌려드리리다.

묵적   좋습니다.

초혜왕   그렇다면 송의 병력부터 말씀하시지요.

묵적   사천이오.

공수반   거짓이오! 송의 도성에 주둔하는 백성이 모두
               오천이오! 송이 가용할 수 있는 병력은 고작 이천
               남짓이오!

묵적   공수 대부의 말씀대로 군인만 전투에 참여한다면
               이천밖에 되지 않겠지요. 하지만 묵가의 전투에는
               부녀자까지 포함될 것이오.

좌중, 비웃는다.

자발   하하! 그렇담, 병력의 절반을 아녀자로 내어드리면
               되겠구려!

초혜왕   좋소. 그리하라 하오! 여봐라! 밖에 있는 궁녀들을
               들라 하라!

장질(莊姪), 궁녀들, 입장.

초혜왕   궁녀들은 들어라. 이분이 바로 그 유명한
               묵자이시다. 내 묵자와 모의전쟁을 겨루기로
               하였으니, 궁녀들은 묵자의 군인이 돼라.

궁녀들 웅성거리는 소리.

초혜왕   궁 안에서 비단옷을 입고 떠들고 노는 것은 좋되,
        내 명을 받드는 것은 싫단 말인가! 모의전에 자원할
        이는 없는가?

장질, 앞으로 나선다.

장질   천첩(賤妾)이 자원하옵나이다.
초혜왕   장질이?
장질   비복(婢僕)[13]이 상감 명 받들어 묵인 노릇
        해보겠나이다.
초혜왕   장질, 자네는 정말로 그 고생을 감수할 각오가 되어
        있나?
장질   상감 명이라면 천첩은 죽는 척이라도 마다하지
        않을 텝니다. 하물며 모의전이라면, 이 역시 하나의
        잡희에 불과할진대 가기의 명이 바로 놀음
        아니겠사옵니까? 비복은 달게 상감 명을
        따르겠나이다.
초혜왕   좋다! 다른 궁녀들은 무작위로 뽑아 묵적의 병력에
        넣도록 하라! 예 있는 병사들 역시 묵적의 병력으로
        하면 될 것이다!
병사들   예!
자발   오늘 바로 모의전에 돌입할 수는 없을 것이니, 내일
        아침 묘시(卯時)[14]부터 시작하는 것으로 하지요.
묵적   말미를 주신다면 감사할 따름이지요.
초혜왕   좋소! 그럼 모두 그만 나가보시오! 장질은 할 말이

---

13 '비'는 여자 노예, '복'은 남자 노예를 뜻한다. '비복'은 하인이 자신을
    낮추는 말로 사용된다.
14 새벽 5시부터 아침 7시까지.

있으니 남으시오.

장질, 공수반, 초혜왕을 뺀 전원 퇴장.

초혜왕　　장질, 그대가 자원을 해주어 과인의 체면을 세워준
　　　　　것은 고맙다. 허나, 그대는 내가 가장 아끼는
　　　　　가기일진대, 어찌 내 그대를 반대편에 세우겠는가?
장질　　　상감, 천첩 송에 선다 해도 그 땅 여전히 초일진대
　　　　　대저 대왕 큰 뜻의 일부에 불과하옵나이다.
초혜왕　　허나, 나 그대가 다치는 꼴을 보고 싶지가 않구나.
장질　　　걱정 마시지요. 어차피 모의전이니 누가 죽고
　　　　　다치는 일이야 있겠습니까? 천첩이 묵적을 소상히
　　　　　관찰하여 상세히 상감께 일러드리겠사옵니다.
초혜왕　　그대 뜻이 그렇다면 어쩔 수 없구나. 그대 없이 몇
　　　　　밤을 홀로 새야겠구나. 그럼 물러가라.
장질　　　삼가 하직하겠나이다.

장질 퇴장.

초혜왕　　우습구나! 운제를 시험하기 위한 전쟁인데, 그
　　　　　시험을 시험해보게 되었다. 연습을 위한 연습인
　　　　　셈이다. 내 일단 우선 제작소에 들러 운제를
　　　　　확인해야겠다. 병력을 백분지 일로 하겠다 했지,
　　　　　병기를 백분지 일로 하겠단 적은 없다. 열 대 모두
　　　　　가동하여, 묵적을 곤경에 빠트리고 말 것이다.

초혜왕, 퇴장.

공수반　　공인으로 태어나 온갖 멸시 다 받으며 한 나라의
　　　　　　대부까지 올랐다. 그런데 세인들은 나를 묵적에
　　　　　　비겨 의인이 아니라고 한다. 만약 그러한 의인이 내
　　　　　　앞에 쓰러진다면 세인들은 나를 무어라 칭할
　　　　　　것이냐? 참으로 궁금하구나!

공수반, 퇴장.

2막

1

묵적, 입장.

묵적　　초 왕에게 거짓말을 했다. 송은 당파 싸움에 그나마
　　　　전쟁 준비도 시작하지 못했다. 송의 병력도,
　　　　자원도, 심지어 운제의 파해까지 모두 거짓이다.
　　　　운제라는 병기의 이름만 알고 있을 뿐, 그 쓰임이나
　　　　생김새조차 알지 못하니 어찌 파해를 말할 것인가?
　　　　어렵다. 초를 막아낼 재간이 없다. 임기응변으로
　　　　모의전을 제안했으나, 지상천지 어느 누가 이렇게
　　　　열세한 상황을 이길 수 있으랴? 그저 대패하지
　　　　않고, 송이 전쟁을 준비할 시간을 버는 것만이
　　　　유일한 목적일 따름이다.

병사들, 입장.

병 1　　간에 붙었다 쓸개에 붙었다 하는 게 요즘
　　　　군인이라지만, 왕이 직접 우리한테 용병 노릇 하라
　　　　할 줄은 몰랐지.
병 2　　예끼, 상감 명에 불만을 가지면 어떡해?
병 1　　아무리 그래도 우리가 초의 병사일진대, 어찌
　　　　송인을, 어찌 난중에 찔러 죽일 놈들 노릇을 하나.
병 2　　상감 명이니 최선을 다하는 수밖에.

병 1   그러니까 송인 노릇을 착실히 하란 그 말인가?

병 2   어차피 질 게 뻔해. 병력 절반이 아녀잔데 잘도
             이기겠다.

장질, 궁녀들, 입장.

궁 1   궁녀로 별의별 명은 다 받들었다만 전쟁에
             나가라는 명령은 처음이네.

궁 2   어차피 잡희라잖아요, 언니.

궁 1   잡희라고? 어느 누가 전쟁 중에 노래 부르고 춤을
             추더냐.

장질   조용히들 하거라. 묵가는 비악(非樂)[15]이라 하여
             음악을 엄격히 금하는 걸 모르느냐?

궁 1   아이구, 그럼 춤추고 노래하는 것밖에 못 하는
             가기를 쓸 데가 어딨다고?

장질   묵가는 겸애를 말하여, 남녀 구분 하지 않는다더라.

궁 2   그럼 내 손에 흙을 묻히고, 피를 흘리란 말인가요?

장질   우리 모두 적군과 맞서게 될 테지.

궁 2   모두가 평등하다면 왕도 몸소 전쟁에 나가신대요?

장질   조용! 묵자께서 말씀하신다.

묵적, 좌중을 훑은 뒤,

묵적   모두 불만이 많을 겝니다. 아무리 모의라지만
             전쟁을 하는 것은 모두에게 힘든 일일 테지요.
             하오나, 모의전에서 승리하게 된다면 진짜 전쟁을

---

15   묵가는 '음악이 사치'라며 반대했다.

하지 않게 될 터이니, 초의 군사 여러분 역시
목숨을 걸고 싸워야 할 일은 없을 텝니다. 초나라
사람들이 왜 송의 편에 서야 하는 것인지 여러분은
궁금할 겝니다. 세상에 전쟁이 너무 많습니다. 촌부
(村夫)들은 전쟁이 언제 다시 일어날까 근심이
깊어 농사를 할 생각도, 일을 할 생각도 접게
되지요. 사람들이 널리 서로를 사랑하기 위해선,
누군가 전쟁을 없애야 합니다. 지금 묵가가 송의
편인 것은, 단지 그들이 약자이기 때문입니다. 초가
아무런 명분도 없이 송을 치려고 하기에 우리는
그들 편을 든 것이지요. 만약 초가 약소국이었다면,
우리는 기꺼이 초의 편을 들었을 겁니다. 존비친소
(尊卑親疏)에 따라 초를 옹호하지 마십시오.
태초에 우리는 모두 하늘에서부터 비롯되었습니다.
초도 송도 본래는 하나의 나라였습니다.
이상입니다. 모두 최선을 다해 싸워주시길 간곡히
부탁드리옵니다.

병 1   대의를 이를 필요는 없사옵니다. 소인은 터럭 하나
        뽑아 세상을 구할 수 있대도 그리하지 않을
        생각이오.[16] 우리는 대저 대왕의 명이기에 그대
        따를 뿐이지요. 그래서 무얼 하면 되겠습니까?

묵적   전쟁 전야(前夜)이니 우선 준비부터 해야겠지요.
        병사들은 삼분지 일로 병력을 나누시오. 한쪽은
        망루에서 적군을 감시하시오. 한쪽은 성 밖
        남동쪽에 땅을 파고 그곳을 분뇨로 메우시오.

---

16 전국시대 초기에는 묵자와 함께 양주의 이론이 흥했다. 병사의 말은 양주의
    뜻과 같다.

나머지 절반은 땅을 파고 항아리를 준비해주시오.
지체 않도록 다들 부탁드리겠소.

병사들, 궁녀들, 퇴장.

묵적   장질이라고 했소? 그대는 남아주시지요. 할 얘기가
있소.
장질   예.
묵적   선뜻 자원해준 것 고맙소. 내 그대의 도움에 많은
용기를 얻었소.
장질   옳은 일을 하고자 하는 것뿐이지요.
묵적   내 그대에게 한 가지 부탁이 있소.
장질   무엇이옵니까?
묵적   모의전에서 내 장수가 되어주었으면 하오.
장질   소인은 전쟁과는 아무런 관련도 없는 사람인데
괜찮으신지요?
묵적   좌중을 아무리 살펴봐도 호반(虎班)[17]에 밭은 이는
그대밖에 없었소. 내 그대에 간곡히 부탁할
따름이오.
장질   평소 어르신의 가르침에 관심이 많았을
뿐이옵니다. 거자의 명을 따르도록 하지요.
묵적   좋소. 그럼 궁녀들을 부탁하오. 나는 병사들을
둘러보러 가겠소.

묵적, 퇴장하려고 하자,
장질, 말한다.

―――――――
17 '무인'을 뜻함.

장질   소인이 바로 묵가에 전쟁을 알린 자입니다.

묵적   짐작은 했소.

장질   소인이 그러한 소이(所以)를 문의(問議)치
      아니하오니까?

묵적   까닭을 말해보시지요.

장질   저는 본디 초나라 사람이 아닙니다. 원래는 오나라
      사람이었지요. 오와 월이 한창 전쟁 중이던 때,
      저희 가족은 피난을 갔습니다. 아직 아이였던 저는
      부모의 손을 놓치고 헤어지고 말았습니다. 혼자
      남겨진 저는 이곳 초에 당도하여 가기가 되는
      수밖에 없었습니다. 한데 몇 년 전, 가족들이 송에
      있다는 소식을 얼핏 전해 들었습니다. 부모님은
      모두 돌아가셨고, 제 여동생만이 남아 그곳에
      자리를 잡았다더군요.

묵적   그래서 초 왕의 계획을 알린 것이오?

장질   예, 우연히 상감과 노반이 나누는 대화를 엿듣게
      되었지요. 그 즈음에 상감이 노반을 만나 밀담을
      나누는 일이 무척 잦았습니다.

초혜왕, 공수반, 입장.

공수반   무릇 약소국일지라도 야전이 공성으로 비화하면
       점령하기 어려운 것이 사실입니다. 한데 재용이
       초에 필적하는 월과 같은 대국이라면 더 말할
       까닭이 있겠습니까? 하여 소인은 열국의 패권을
       차지하는 데 우선하는 것은 공성에서 우위를
       점하는 것임을 감히 아뢰옵니다.

초혜왕 　 좋다! 대부가 계한 운제라는 병기는 쓰임새나
　　　　활용도가 분명 사리에 맞다. 허나 월과 흉융하여
　　　　운제를 시험하는 것은 무리수이다.

엿듣고 있던 장질이 묵적에게 말한다.

장질 　 늘상 같은 전쟁 이야기인데, 이리 밀담을 하는
　　　　까닭을 알 수가 없었습니다. 그 뒤의 이야기를
　　　　듣고서야 소인은 그 이유를 알 수 있었지요.

공수반 　 그렇다면 소인에게 운제의 성능을 증명할 기회를
　　　　주시옵기를 앙청하옵나이다.

초혜왕 　 좋소! 그렇다면 송을 함락하여 그 성능을
　　　　증명해보시오!

공수반, 초혜왕, 퇴장.

묵적 　 대의는 정말 명분에 불과했던 겐가! 한데 그
　　　　운제라는 병기가 어떠한 것인지 그대가 들은
　　　　내용은 없소?

장질 　 소인 역시 그 점을 알아내기 위해 분투하였으나,
　　　　사다리차라는 점 이외에 알아낸 것은 없사옵니다.

묵적 　 운제라는 이름으로 짐작건대, 사다리가 구름에
　　　　닿을 정도로 길다는 말일 것이오. 어떤 역학이
　　　　사용된 것인지 정말로 알 수 없군요.

장질 　 모르지요. 노반 선생이 환술이라도 쓴 모양이지요.

묵적 　 원래 공인의 술이 신묘하면 세인은 그를 선술이라
　　　　생각하는 법이오. 내 생각엔 노반이 사다리를

반쯤으로 접어둔 뒤에 단숨에 늘릴 수 있는 기술을
고안한 것이 아닌가 싶소. 한데 그 역학을 도저히
짐작할 수가 없군요.

장질   그 신묘한 기술을 사람 죽이는 데가 아니라 사람
구하는 데 썼다면 얼마나 좋았겠습니까?

묵적   그대가 그리 생각하니 묵자인 게지요.

장질   이 몸 남의 땅에서 앗은 비단옷을 걸치고 있습니다.
이 옷에 피가 묻은 줄 알면서도 모른 척
지냈습니다. 이토록 묵의(墨義)를 아는 바 하나
없는 소인이 어찌 묵자겠습니까? 하여 말씀을
묻겠으니, 묵의란 무엇입니까?

묵적   대답은 간단합니다. 묵의란 한 사람이라도 더
살리는 데 있는 것이지요. 이제 그만 궁녀들을
지휘하러 가주시지요. 장수 임명식은 허례(虛禮)고
허식(虛飾)이니 굳이 치르지 않도록 하겠소.

장질   소인, 묵자의 뜻을 위해서라면 죽는 척이라도 마다
않겠습니다.

장질, 퇴장.

묵적   겸상애(兼相愛)[18]와 교상리(交相利)[19]를 지지하는
의인이 있을진대 내 어찌 승리가 불가하다고 말할
텐가? 초에 패배하는 것이 명(命)이라면, 내 그를
따르지 않고 비명(非命)[20]하여 승리하고 말 테다.

---

18 겸애.
19 '서로에게 이익이 되어야 함'을 이르는 말. 묵가의 주요 원칙 중 하나.
20 '천명을 거부함'을 이르는 말. 유가가 '천명'을 중시한 것과 달리 묵가는
     명을 따르지 않을 것, 즉 '비명'을 중시했다.

묵적, 퇴장.

2

초혜왕, 공수반, 자발, 입장.
초혜왕, 월(鉞)[21]을 들고 들어와 공수반에게 장수 임명식을
한다.

초혜왕   무천어상(無天於上) 위에는 하늘이 없고
          무지어하(無地於下) 아래엔 땅이 없으며
          무적어전(無敵於前) 앞에는 적이 없고
          무주어후(無主於後) 뒤에는 임금이 없다.[22]
          월을 인계하면 공수반에게 전쟁의 지휘권을
          양도함을 이르오.

초혜왕, 자발에게 도끼를 건넨다.
자발이 공수반에게 도끼를 건넨다.

공수반   상의(上意)를 좇아 모의전과 진전(眞戰)을
          진정으로 승리하겠사옵니다.
초혜왕   정보를 누설한 게 누구인지 확인해보았소?
공수반   공인들로부터 정보가 새어나간 것은 확실히
          아니옵니다. 공인 중 송과 전쟁을 할 것이라는
          정보를 알고 있는 자는 단 한 사람도 없사옵니다.

---

21 고대의 장수 임명식에서 사용된 작은 도끼.
22 『위료자』(尉繚子)와 『회남자』(淮南子)에서 인용.

자발	그 사실을 알고 있는 사람이라면 고위 관리들밖에 없지 않소?
공수반	고위 관리들 중에서도 일부만 알고 있는 사실이며, 철저히 함구령을 내리지 않았습니까?
초혜왕	그렇다면 누가 정보를 누설했단 말인가?
공수반	의외의 인물일지도 모르지요. 이를테면 궁내의 감시병들이라거나…
자발	관리들의 아내라거나,
공수반	관리들의 하인이라거나,
초혜왕	시종들이라거나,
자발	궁녀들이라거나.
초혜왕	설마 그런 사람들이?
공수반	모르지요. 송에 가족을 둔 자가 그중에 있을 가능성도 배제할 수 없사옵니다.
자발	확실한 건 그자가 누구든, 찾아낸다면 궁형, 묵형, 비형, 의형, 월형 이하 오형[23]을 차례로 내린 뒤, 장바닥에 효수하여 그 머리를 걸어두어야 할 텝니다.
초혜왕	그리 낮은데 유(有)한 자가 미거(未擧)한 마음먹어 나라 팔아먹을 생각했단 말인가?
자발	내부 정보에 일차적으로 접근할 수 있는 사람들이 용의선상에서 제외된다면, 이차적으로 접근할 수 있는 사람들이 자연히 용의자들이겠지요.
초혜왕	윤곽이 확실치 않으니 누구도 의심할 수가 없군.
자발	윤곽이 확실치 않으니 모두를 의심해야지요.
초혜왕	어찌됐든 모의전이 끝날 때까지 시간은 많이 남아

---

23 중국 고대의 다섯 가지 형벌.

있으니, 그자는 천천히 찾아보도록 하오.

공수반　　　그러지요.

초혜왕　　　모의전은 어찌 하려는 생각이오? 바로 운제를
　　　　　　기동해 성벽을 공격할 생각인가?

공수반　　　아닙니다. 우선은 땅굴을 파서 송의 성 내부에
　　　　　　조심히 잠입할 계획이옵니다. 잠입한 병사들이
　　　　　　적군을 대여섯 정도만 포획한다손 치더라도
　　　　　　어마어마한 손실을 입힐 것으로 예상되옵니다.

자발　　　　땅굴을 파는 데는 시간이 오래 걸리지 않습니까?

공수반　　　사실, 병사들에게 이미 땅굴을 파라는 명령을
　　　　　　내렸습니다.

초혜왕　　　훌륭하오!

공수반　　　이럴 때를 대비해서 만들어둔 철제 호미들이
　　　　　　있사옵니다. 본디 호미는 그 머리를 골재로 만드는
　　　　　　것인데, 전쟁을 대비해 만들어둔 것이지요. 공성
　　　　　　지역은 땅에 돌이 없고 흙이 물러서 하룻밤이면
　　　　　　땅굴을 파는 것이 가능하다는 생각입니다. 땅굴을
　　　　　　파고 송의 성에 무사히 들어간다면 그곳에 불을
　　　　　　지를 것입니다. 일전에 우물에서 솟은 검은 기름을
　　　　　　채집한 적이 있는데 거기에 불이 어마무시하게
　　　　　　붙더군요. 성이 불타기 시작하여 병사들이
　　　　　　허둥지둥할 때, 운제를 이용하여 성을 함락할
　　　　　　생각이옵니다.

초혜왕　　　검은 기름으로 불을 다룬다, 마치 환술을 다루는
　　　　　　도인 같소. 공수 대부의 전략은 과연 공인답구려.
　　　　　　보통의 장수는 생각지도 못하는 전략을
　　　　　　내시는구려. 우리는 그만 병사들을 격려하러
　　　　　　가보도록 합시다.

초혜왕, 공수반, 퇴장.

자발 보통의 장수라! 상감께선 6년 전 송과의 전쟁에서
      패한 까닭을 내게서 찾고 계시는구나. 하여 이 몸의
      영윤 자리를 앗으신 게 분명하다. 공수반이 아무리
      뛰어난 공인이라 할지라도 병법은 일자무식하다.
      보통의 장수가 아니어서 저지르는 실수가 분명히
      있을 것이니 그때까지는 입 다물고 지켜보아야 할
      테지.

자발, 퇴장.

                  3

궁녀들, 항아리를 들고 들어오며 불만을 속삭인다.

궁 2 손은 헐고, 몸은 시리고,
궁 1 땅은 깊고, 항아린 무겁고,
궁 2 이유는 모르고, 땅을 파고.
궁 1 노래라도 부를까?
궁 2 그러고 보니, 이럴 때 꼭 알맞은 노래가 있네요.
궁 1 어차피 전쟁도 잡희, 노래도 잡희.
궁 2 그래요, 어차피 진짜 전쟁도 아닌데, 아무도 없을
      때 노래나 한 곡조 하며 힘 좀 냅시다.
      (노래)
      유토원원(有免爰爰) 토끼 하나 깡충깡충 뛰노는데
      치리우라(雉離于羅) 꿩 한 마리 그물에 걸렸구나.

아생지초(我生之初) 이 한 몸 태어난 때에는
상무위(尙無爲) 근심걱정 없었는데
아생지후(我生之後) 이 한 몸 태어난 후에는
봉차백리(逢此百罹) 숱한 환란 만났으니
상매무와(尙寐無吪)[24] 깊은 잠에 빠져 깨지나
말았으면.

장질, 노랫소리를 듣고 들어오며,

장질   이놈들! 가무는 금지라고 몇 번이나 말했더냐!
궁 2   죄, 죄송합니다. 그저 노래를 하면 힘이 날 듯하여…
장질   묵가의 법도에 따라야 할 것 아닌가?
궁 1   우리는 묵인이 아니니 그 법도를 준수할 까닭은
        없지요.
장질   묵인 노릇을 하니 법도도 그 행세에 맞게 따라야지.
궁 1   가무를 하다 새 노릇을 하면 훨훨 날아야 하는
        겝니까?
장질   시끄럽다. 진척은 얼마나 되었느냐?
궁 2   땅은 파라는 깊이만큼 팠고, 항아리도 이리
        준비했습니다.
궁 1   한데 땅을 파고 항아리를 준비한 까닭은 뭡니까?
장질   그걸 너희가 알아 무엇하겠느냐. 그저 시키는
        대로만 하면 될 터이다. 마침, 거자께서
        오시는구나.

묵적, 입장.

---

24 『시경』(詩經), 「토원」(兎爰).

묵적	성곽의 병사들을 만나고 오느라 내 늦었소. 준비는 다 됐소?
장질	예.
묵적	허리춤 높이만큼 땅을 판 것이 맞소? 그럼, 항아리를 땅을 판 곳에 같이 묻읍시다.

모두, 항아리를 무대 중앙 쪽으로 옮긴다.

궁 1	하온데 어떤 연유로 이런 일을 시키신 겝니까?
묵적	내 따로 말씀을 드리지 않았구려. 이는 지청을 위함으로 적의 운신 방향을 파악하는 수성의 수요.
궁 2	무슨 말인지 하나도 모르겠사옵니다.
묵적	아마도 초는 처음부터 운제를 기동하지는 않을 것이오. 송에 얼마간 피해를 입힌 후에나 운제를 꺼내들 것이지요. 내 초의 도성에 들어와 보니, 땅이 기름지고 흙이 무르고 자갈이나 돌이 없더군요. 그렇다면 땅굴을 파는 전략을 사용할 공산이 높다는 생각이 들었소.
궁 1	땅굴을 막는데 이 항아리는 어디에 쓰이는 것이지요?
묵적	그대는 가무를 하는 사람이니 귀가 밝겠지요?
궁 2	언니는 지나는 새소리만 듣고도 그 새의 기분을 맞추지요.
묵적	좋소. 그럼 항아리에 귀를 한번 대어보시오. 내, 한번 항아리를 울려볼 터이다. 공명하는 소리가 들립니까?
궁 1	예.
묵적	소리가 울리는 방향이 어느 쪽이오?

궁 1   저쪽입니다.

묵적   예상이 맞았소. 땅굴을 파서 성으로 잠입하려는
       듯하오. 예측은 했지만 개전하기도 전에 공격을
       준비 중일 줄은 몰랐소. 진짜 전쟁이었다면 땅굴
       맞은편에 아궁이를 파 말린 겨자씨앗이나
       지푸라기를 태웠겠으나, 이런 수는 살인술이오.
       그러니 소리가 울리는 쪽을 쫓아 그곳 성벽 아래
       땅을 파서 모아둔 돌덩이를 갖다 묻으시오. 얼른
       서둘러주시오.

묵적, 퇴장.

궁 2   뜻이 깊고 신묘하신 분이십니다.

궁 1   마치 신선처럼 천귀가 그를 돕는 듯하다.

궁 2   그뿐입니까? 일월성신(日月星辰)과 육부(六府)[25]의
       원리를 아시는 분이시죠.

장질   잡담은 그만하고, 돌덩이를 옮기러 가도록 하여라.

궁 1, 궁 2, 퇴장.

장질   괄괄한 상명 아닌 부드러운 설명에 하복하니
       알다가도 모를 노릇이다. 병사들 다루는 데 필요한
       것이 호통인 줄로만 알았거늘. 상냥함에도 위엄이
       서는구나. 하룻밤 장수 노릇에 너무 빠져들지 말자.
       밤새면 사라질 직위라.

---

25 재용의 여섯 가지 구성요소. 즉, 수화금토목곡.

장질, 퇴장.

                    4

묵적, 입장.

묵적 잡희의 송은 전쟁 노릇할 구색을 겨우 갖추었으나,
    진짜 송나라는 과연 어떠할 것인가? 내 떠나오기
    직전 금골리와 맹승에게 성벽에 진흙을 바르라
    명했으나 진척이 얼마나 되었는지 알 수가 없구나.
    부디 계책대로 모의전이 끝나기 전까지는 수성의
    구색이 완비되어야 할 터인데.

병 3, 입장.

병 3 거자, 성 근처에서 수상한 자를 발견하였습니다.
묵적 수상한 자라면, 정찰 나온 초의 사병(司兵)이라도
    찾은 것이오?
병 3 아닙니다. 거자를 만나 뵙게 해달라고 하더군요.
묵적 궐자가 이름은 밝혔소?
병 3 거자를 만나 뵙기 전까지는 아무 얘기도 하지
    않겠다고 하여, 두 입이 아교가 들러붙은 것처럼
    떨어지지를 않소이다.

병 4, 맹승(孟勝)을 데리고 입장.

묵적 맹승!

46

맹승　　　거자!

묵적　　　내 아는 사람이 맞소. 병사들은 그만 나가보시오.

병사들, 퇴장.

묵적　　　맹승! 자네는 지금 송에 있어야 하는 것 아닌가?
　　　　　어째서 이 먼 곳까지 온 것인가?

맹승　　　이야기하면 깁니다. 우선 이 밧줄을 좀
　　　　　풀어주시지요. 한데 거자께서는 어찌하여 초에서
　　　　　장수 노릇을 하고 계시는 겁니까? 혹시 묵가의
　　　　　대의를 저버리시고 초에 협력하실 뜻은
　　　　　아니시겠지요?

묵적　　　자네는 묵자보다 묵의가 짙으니 암자(暗子)라
　　　　　이르러야겠구나. 내 흔들림이 한 번도 없었다면
　　　　　거짓이겠으나, 이 모의전은 송과의 전쟁 유무를
　　　　　두고 내기를 하는 것이네. 내가 이긴다면 초 왕은
　　　　　전쟁을 무르기로 하였네.

맹승　　　과연! 대단한 담판입니다. 과연 묵자십니다.

묵적　　　송나라는 어떤가? 준비는 잘 되어가고 있는가?

맹승　　　실은… 아직까지 송은 전쟁 준비를 시작조차
　　　　　못했습니다.

묵적　　　여태껏! 무슨 까닭인가?

맹승　　　자한(子罕)을 비롯한 송의 관리들이 초에 영토
　　　　　일부를 내어주고 전쟁을 중지케 할 것을 왕께
　　　　　권유하고 있습니다.

묵적　　　무엇이라? 초는 송을 점령하는 것이 목적이 아니라,
　　　　　신병기인 운제를 시험 기동하는 것이 목적임을
　　　　　우리가 확실히 이르지 않았던가? 그런데 어이하여

다시 그런 이야기가 기어 나온 것인가?

맹승   아시다시피 자한은 유가(儒家) 출신이라 송이
　　　묵가와 연합하는 것을 반대하고 있지 않습니까?
　　　일전에도 그 이유 때문에 거자께서도 구금되셨던
　　　게 아닙니까? 궐자는 묵가와 연합을 하여 유가의
　　　뜻을 저버리는 것보다, 초에 항복하는 것이 낫다고
　　　주장하고 있습니다.

묵적   내가 떠나올 때도 그자는 이미 그렇게 주장하지
　　　않았던가? 변한 게 무어란 말인가?

맹승   묵자께서 떠나시자마자, 궐자는 계획대로 관리들과
　　　대부들을 찾아가 이렇게 말했습니다.

자한, 입장.

자한   묵가는 위아래도 없는 족속들입습죠. 존비친소도
　　　구별하지 못해 부모가 돌아가시나 옆집 노인이
　　　죽으나 다를 게 없다고 주장하는 놈들입니다.
　　　그것이 겸애라는 것 아닙니까? 그렇다면 차라리
　　　별애(別愛)가 낫습죠. 게다가 그들은 생업에
　　　반한다는 이유로 삼년상마저 후장(厚葬)[26]이라며
　　　금지하고 있지 않사옵니까? 그것이 진정으로
　　　인이라고 할 수 있겠습니까? 저는 묵가와는 죽어도
　　　연합할 수 없습니다!

묵적   그따위 주장에 관리들과 대부들이 홀랑
　　　넘어가버렸단 말인가?

맹승   물론, 숨은 뜻이 있지요. 묵 거자를 구금한 사건을

26　삼년상과 같은 후한의 장례식. 묵가는 장례를 간소히 할 것을 주장했다.

상기하여 만약 초와의 전쟁에서 송이 승리한다면
유가(儒家)의 입지가 좁아질 것이라는 낌새를
내비친 것이지요.

묵적   제 잇속 때문에 한 나라를 팔아넘기겠다는
      것인가? 송 공은 궐자의 의중을 전혀 모르는 겐가?

맹승   끊을 수 없는 전쟁의 고리에 지친 겝니다. 자한은
      그 점을 잘 알고 있었다는 듯, 공에게 이렇게
      말했지요.

자한   신이 간언 드리옵니다. 부디 공께서는 결단을
      내려주시옵소서. 승산이 없는 전쟁이옵니다.
      수성을 결정하신다면 여민들이 겪을 고초를
      헤아려주십시오. 영토를 일부 떼어줌으로써 전쟁의
      환난을 피했던 것은 옛 성왕들의 수이기도
      했사옵니다.

묵적   오호통재(嗚呼痛矣)라.

맹승   또한 자한은 일부 묵자를 교언(巧言)으로 홀리고
      있습니다.

자한   묵인은 한번 생각해보시지요. 겸애를 실천하고
      싶으시다면 약소국에 붙어서 수성을 해주는 것은
      현실적으로 한계가 있습죠. 진정으로 전쟁을
      없애고 싶다면 세상 천지에 수많은 열국이 하나로
      통일되어야 할 겁니다. 그리고 다시 분리되지 않을
      정도로 강국이어야만 하겠지요. 진정으로 비공
      (非攻)을 주장하신다면 초와 같은 강국에 붙는
      편이 낫지 않겠습니까? 게다가 송은 묵가에게
      나누어줄 것이 없습니다. 교상리(交相利)하지 못할
      게 분명합니다.

자한, 껄껄 웃으며 퇴장.

묵적   묵자들이 저따위 말에 미혹했다니 무슨 뜻인가?

맹승   묵자들 역시 지친 겁니다. 전쟁에서 이길지라도
송에서 관리 자리 하나 기대하기 어려울진대,
게다가 그들이 수성을 원치 않는다고 주장을
하니까요.

묵적   오호분재(嗚呼憤矣)라.

맹승   실은… 자한은 자신에게 반대하는 묵자들을
구금하기까지 했습니다.

묵적   무엇이라? 내 사실 송이 전쟁을 준비할 시간을
벌기 위해 모의전이라는 꾀를 낸 것인데, 어찌하여
송의 상황이 그와 같이 흘러간단 말인가?

맹승   실은 저 역시도 거짜께 이런 상황을 알림과 동시에
송의 수성을 포기하자고 전하러 이곳까지 당도한
것입니다.

묵적   맹승 자네는 지금 내게 송을 저버리라는 겐가?

맹승   이미 송이 송을 저버렸습니다. 게다가 송이 만약
항복한다면 전쟁은 일어나지 않을 수도 있지
아니하겠습니까? 최선은 아닐지라도 이 역시
비공일 수 있습니다. 이 또한 이익일 수 있다는
게지요.

묵적   맹승, 잘못된 생각을 했다! 만약 우리가 송을
포기한다면 초는 그만큼의 비용을 다른 전쟁에
이용할 것이다. 또한 온 강국은 더 이상 약소국과
공성을 하는 것을 두려워하지 않게 될 것이다. 이는
비공(非攻)을 버는 것이 아니라 공(攻)을 버는
것이다.

맹승	소인, 생각이 짧았습니다. 허나, 송은 우리에게 힘을 보태지 않을 텝니다. 실은 우리가 송에 힘을 보태야 하는 상황인데 말입니다.
묵적	그렇다면 어쩔 수 없다. 이 모의전을 승리로 이끄는 수밖에.
맹승	정녕 모의전에서 송이 이길 공산이 있다고 보시는 겝니까?
묵적	최대한 시간을 끌어 송이 전쟁을 준비할 시간을 벌고자 하는 것이 모의전의 목표였으나, 전략을 수정할 수밖에. 이길 도리가 없으나, 자네가 도와준다면 수가 생길지도 모르네.
맹승	한낱 졸(쪽)에 불과한 제가 어찌 거자를 도울 수 있겠습니까?
묵적	방법이 하나 떠올랐네. 송의 병력은 적으나, 초의 병력은 많다네. 사백 명 안에 하나가 더 섞여도 티는 나지 않을걸세. 자네가 초의 병사로 가장하고 그 안에서 혼탁을 이끌어보게.
맹승	알겠사옵니다. 정신이 혼란한 척하여 그들을 문란케 해보겠사옵니다. 하온데 이런 잡희에서 이긴다고 정말로 초 왕이 송과의 전쟁을 단념하겠습니까?
묵적	물론 그렇지 않을지도 모르네. 하지만 기대를 걸어볼 곳이 없네. 모의전에서 이긴 후 명분을 앞세워 전쟁을 중지케 할 수밖에 없잖는가? 자네는 어서 서둘러 초나라에 잠입하게. 우리 측 병사에 붙잡힌 것처럼 실수해서는 안 되네! 해가 긴 여름이라 금방 밤이 갤 것이니 빨리 잠입토록하게!
맹승	알겠습니다! 그럼 가보겠습니다!

맹승, 퇴장.

묵적   내 송의 위정자를 위해 위험을 무릅쓰는 것이
            아님을 명심하자. 단 한 명의 목숨이라도 더 건지는
            것이 진정한 이익일지다!

묵적, 퇴장.

5

초혜왕, 입장

초혜왕   간밤의 꿈이 상서롭지 못하여 일찍 깨고 말았다.
            나무라곤 하나 없는 헐벗은 산에 검은 새 한 마리가
            깃털을 휘날리며 내달렸다. 내 그놈에게 활을 몇
            발이나 쏘았으나 단 한 발도 맞지 않고 궁궐 안으로
            도망을 갔다. 결국엔 옥좌에 올라 깃털 몇 남기고
            사라졌으니 이 꿈이 뜻하는 것이 무어더냐?

태복(太卜),[27] 입장.

태복   아뢰옵기 황송하오나 전하. 그 꿈풀이를 들으시면
            제게 심히 노하실까 봐 걱정이 돼 함부로 뜻을
            이르기 곤란하옵나이다.
초혜왕   태복의 명이 점괘를 진실로 이르는 것인데 어찌 그

---

27 '태복'은 점을 치는 관직이다.

	입을 다무는 것인가!
태복	허면 어쩔 수 없지요. 허나 풀이가 상서롭지 못하고 상스럽다 하여도 그 뜻은 신의 것이 아니고 역의 뜻임을 미리 아뢰옵나이다.
초혜왕	내 노하지 않을 테니 그 뜻을 얼른 일러라.
태복	새라는 놈이 상좌에 깃털을 남겼다 하지 않으셨사옵니까? 새라는 놈은 글자로 추(隹)[28]라 쓰고, 깃털이란 우(羽)라 씁니다. 하여 그 두 글자를 합하면 적(翟)이 되오니, 그 꿈은 흉몽임을 계하옵니다.
초혜왕	어찌 그 입을 함부로 놀리는가! 그럼 묵적이 모의전을 승리할 징조란 말이냐!
태복	소인이 음양오행 운행의 심의(深意)를 모두 심의 (審議)하지는 못하옵니다.
초혜왕	네 이놈! 네놈의 점괘가 운 나쁘게 맞아 들어간다면 네 목숨 더 이상 없는 것으로 알아라! 썩 나가지 못할까!

태복, 퇴장.

| 초혜왕 | 시름시름 앓다가 겨우 깨었더니 또 시름이 이 몸을 덮치는구나. 이런 때에 장질이라도 있었다면. 6년 전 송과의 공성에서 흉몽을 꿨을 때에, 장질은 갖은 위안 아끼지 않고 이리 말했거늘. |

장질, 입장.

---

28 고대에는 새를 '隹'라고 적었다.

장질	상감, 요순 이래로 그 누가 공성에서 대승한 적이 있사옵니까. 무릇 손자 역시도 공성은 하책이라 하지 않았습니까. 하오니 패한다 해도 괘념치 마옵소서. 대를 위해 소를 잃는 것뿐이옵니다. 오늘을 미끼로 내일의 잉어를 낚는 것뿐이지요.
초혜왕	차라리 그대가 장수였다면 좋았겠구나. 자발의 꾀는 복잡하기만 할 뿐, 핵심을 꿰지 못함이로다. 차라리 공수반을 등용하는 편이 낫겠다.
장질	상감, 다음번 전쟁에는 천첩을 데려가주시지요. 이 몸 침소에서 홀로 밤 새기가 싫사옵니다.
초혜왕	아니 된다. 나, 그대 다치는 꼴 보고 싶지가 않구나. 저기 공수반이 오니 그만 가보거라.

장질, 퇴장하면
공수반, 다급하게 입장.

공수반	상감! 땅굴이 실패로 돌아가고 말았사옵니다!
초혜왕	뭐라? 묵적이 그 전략이 예측했단 말인가?
공수반	예. 잠입자들이 땅굴을 파다가 돌무더기에 길이 가로막혔다고 하옵니다. 묵적이 예까지 예측하고 있을 줄, 신은 몰랐습니다.
초혜왕	허— 꿈이 딱 맞아떨어지는구나.
공수반	상감. 기실 그 수는 견제에 불과하였음을 아뢰옵니다. 신이 생각 중인 두 번째 수는 결코 그놈들이 방어하지 못할 것이옵니다.
초혜왕	무슨 수인가?
공수반	실은, 어젯밤 정찰병 하나를 새까만 색 옷을 입힌

뒤 송의 성벽을 관찰케 하였습니다. 남동쪽 성벽 쪽이 부실한 부분이 있음을 알아냈사옵니다. 충차로 그곳을 돌격하여 성벽을 무너뜨리는 것이 바로 신의 전략이옵니다.

초혜왕　　충차는 6년 전 송과의 공방에서도 이미 통하지 않았던 무기가 아닌가?

공수반　　신이 개발한 충차는 사방을 두꺼운 널빤지로 막아 활이 결코 충차를 뚫지 못하옵니다. 게다가 지레를 사용하여 당시의 충차보다 더 큰 충격을 가할 수 있나이다. 충차 안에는 총 여섯의 병사가 들어갈 수 있사온데, 따라서 네 명이 조종하던 이전의 충차보다 훨씬 더 강력하옵니다.

초혜왕　　성벽을 둘러싼 해자를 건너야 충차를 사용할 것 아닌가?

공수반　　해자를 건널 만한 가교(假橋)를 세우면 되겠지요. 실은 전쟁에 사용할 가교차(假橋車) 역시 만들어두었사옵니다.

초혜왕　　공수 대부, 그저 운제를 기동하는 편이 어떻겠는가?

공수반　　신은 아직은 운제를 사용할 시기가 아니라고 믿고 있사옵니다. 아마도 묵적은 우리가 바로 운제로 돌격할 것이라 믿고 있을 게지요. 생각지 못한 수로 먼저 그놈을 혼란케 하여야 합니다.

초혜왕　　과인이 걱정이 많은 건지는 모르겠으나, 묵가 그놈이 조금이라도 시간을 벌면 우리에게 불리해질 것이란 생각이 드오.

공수반　　그만큼 초 역시 시간을 벌지 않습니까?

초혜왕　　아침이라 그런지 과인의 신경이 조금 예민한가

보오. 어찌 됐든 과인은 확실하게 묵적을
짓밟아주고 싶소. 상대가 되지 않는단 것을
확신하고 싶은 게요.

공수반   알겠습니다. 시간을 오래 끌지 않도록 하겠나이다.

공수반, 퇴장.

초혜왕   다시 마음을 먹자. 수리가 되던, 버러지가 되던 둘
중 하나뿐. 패자(霸者)가 되던, 패자(敗者)가 되던
둘 중 하나뿐. 새벽 수탉 횃소리에 맘이
약해지더라도, 박모(薄暮)가 개는 걸 보며 마음을
다 잡는 것이 왕의 숙명이리라.

초혜왕, 퇴장.

6

맹승, 입장.

맹승   벌써 날이 갰구나. 겨우 적진에 잠입은 하였으되
이제 무엇을 해야 할 것인가? 들통 나지 않게 초에
자연히 섞여야 할 것이다. 초나라 병사들의
목소리가 들리는구나. 얼른 숨어 있다 때를 보고
나타나자.

초의 병사들 입장.

초 1	어휴— 이 옷 좀 봐라. 소매는 헤졌고, 휘장은 덜렁거리고.
초 2	어휴— 이 손 좀 봐라. 손끝은 헤졌고, 손톱은 덜렁거리고.
초 1	"네 이놈들! 너희들의 손이 느려, 묵적이 그동안 방책을 세운 것이 아니냐!" 에라— 말이나 못 할까. 공인 출신이라 만만히 봤더니 군인보다 더하더라.
초 2	말자, 말아. 어차피 시키는 대로 하는 것이 병졸 인생.
초 1	맞다, 맞아. 송으로 넘어간 군인들보다야 우리가 낫지.
초 2	그놈들 어떡하고 있을까? 성을 지키는 쪽이니 우리보다는 나으려나?
초 1	자기 나라 아닌 곳을 지키려니 우리보다 못할 테지.
초 2	자기 나라 아닌 곳을 지키려니 우리보다 편할 테지.

맹승, 상황을 지켜보다,

맹승	(방백) 저자들, 송에 있는 전우들이 궁금한 모양이다. 마침 좋은 생각이 났다. 이보게— 이보게들—
초 1	누구냐?
초 2	누구냐?
맹승	이 몸으로 말할 것 같으면 원래는 초인으로 태어났으되, 억지로 송인이 되었다가, 다시 초인이 되려는 몸.

초 1   그게 무슨 말이더냐?

초 2   웬 미친놈이 병영으로 숨어들었나 보다.

맹승   미쳐? 미치긴 미쳤다. 애향심이 깊어 초에 내
       마음이 미치길 바랐다.

초 1   미친놈이 혓바닥은 살아 있다.

초 2   혓바닥이 긴 걸 보니 미치긴 미쳤구나.

맹승   미치지 않고서야 성벽을 건너 이쪽까지 오기나
       했겠느냐.

초 1   뭐? 그럼 송에 있던 병사란 말이냐?

초 2   송나라 쪽 상황은 어떻더냐? 군인들은 편히
       있느냐?

맹승   말도 마라. 묵인 폭정 견디기 힘들더라. 묵적은
       신통력을 변통하여 짚풀로 병사를 만들더라. 그자
       마치 주목왕(周穆王) 때 언사(偃師)[29]마냥 언사
       (言辭)를 외더라. 허면서 전군에 짚 인형에 피 한
       바가지 쏟을 것을 요구하는데 무서워 견딜 수가
       없더라.

초 1   허, 내 묵가가 환술 쓴단 얘긴 익히 들었다만 정녕
       사실이더냐. 듣기만 해도 소름 끼치는구나.

맹승   그뿐이더냐, 전황의 유리함을 위함이라며 천귀에
       제를 지내며, 한 사람을 제물로 바치려는 것 내
       겨우 뜯어말렸다. 궐자는 음양오행의 원리를 모두
       파악하여 죽은 자도 살려낼 수 있으니, 죽음을
       두려워하지 말라더라.

초 2   차라리 우리 신세가 나을 지경이다. 그래서

---

29 『열자』(列子) 「탕문편」(湯問篇)에 따르면 주목왕 때 언사는 가죽과
   무로 만든 인형을 마치 사람처럼 움직이는 재주가 있었다고 한다.

	탈영해서 초로 온 것이냐?
맹승	엄밀히 말하면 탈영이 아니라 귀향이다.
초 1	들키기 전에 얼른 다시 송으로 돌아가서 착실히 군인 노릇 해라.
맹승	나 곧 죽어도 초인으로 죽고 싶다. 송인 노릇 다시 못 하겠다.
초 2	애향심으로 돌아버리고 말았구나. 불쌍한 것.
초 1	허면 어쩔 수 없지. 애초부터 우리 소대원이었던 노릇 해라.
초 2	정 그렇다면 어쩔 수 없지. 초인이 송인 노릇 하다 다시 초인 노릇 해야 할밖에.
맹승	(방백) 내 하는 짓이 송인 노릇이더냐, 초인 노릇이더냐. 백성 짓도 결국은 노릇에 불과하구나! (초의 병사들에게) 고맙다. 이 은혜 잊지 않으마. 흥겨워서 춤이 절로 나온다.

맹승, 춤을 춘다.

초 1	미친놈—— 이제는 광대 노릇이냐. 우리는 출전 준비나 하자.
초 2	충차를 몰고 송의 성벽을 치자.
맹승	(방백) 남동쪽 성벽 아래라면 묵 거자가 분뇨를 들이부었을진대. 충차로 돌격하자마자 똥오줌 맛 좀 볼 것이다. (병사들에게) 열심히들 하고 오너라.
초 1	자네도 우리 소대니 함께 가야지.
맹승	초인 된 지 찰나밖에 안 됐는데?
초 2	초인 노릇 단단히 해보도록 해라.

맹승   (방백) 쉬파리처럼 분뇨로 향해야 하다니! 차라리
불 속에 뛰어드는 나방이 부러울 지경이다. 차라리
이참에 아예 충차를 똥구덩이에 처박아버리자!
그래, 가자!

맹승, 초의 병사들, 퇴장.

3막

1

묵적, 베 위에 글씨를 쓴다. 그리고 그것을 태운다.
묵적, 천을 태우며 주문을 왼다.

묵적   경천지노(敬天之怒) 하늘의 노여움을 경외하여
        무감희예(無敢戱豫) 함부로 장난치고 놀지 마라.
        경천지유(敬天之渝) 하늘의 성내심을 경외하여
        무감치구(無敢馳驅) 함부로 제멋대로 행동 마라.
        호천왈명(昊天曰明) 넓은 하늘 밝으시고
        호천왈단(昊天曰旦)[30] 넓은 하늘 훤하시다.

장질, 병사들, 다급하게 입장.

병 1   거자! 지금 성벽 쪽으로 가교차와 충차가 돌입하고
        있습니다.
묵적   벌써? 아직 해도 산을 넘지 않아 어스름이
        남았거늘!
병 2   방금 초의 병력이 해자 앞으로 가교를 깔았습니다!
묵적   전 병력은 충차를 향해 활을 쏘시오! 활을 쏘되,
        충차를 빗 맞추시오! 저들의 공성 방향을
        남동쪽으로 유인하시오!

---

30 『시경』(詩經)의 '판' 인용.

병사들   예!

병사들, 객석 쪽을 향해 활을 쏜다.

장질   활촉을 제거했으니 초의 전우들이 다칠 걱정일랑
       접어두시오! 좌군은 모래주머니를 던져 충차가
       오른편으로 기동할 수 없게 길을 제한하시오!
병 3   후방에서 병사들이 활을 쏜다! 모두 숙여라!
장질   전군은 널빤지를 들어 화살을 방어하시오! 활을
       방어하며, 충차를 분뇨에 빠트릴 수 있도록
       유인하시오!
병 4   묵 거자! 충차가 천천히 전진하고 있사옵니다.
       방향이 알맞지 못합니다!
장질   방향을 알맞게 조정하시오!

병사들, 활을 쏘고 모래주머니를 던진다.

병 1   이상합니다! 갑자기 충차가 함정을 향해 빠르게
       전진하고 있사옵니다!
묵적   (방백) 맹승이구나! 스스로 함정으로 유인하는
       그대가 보인다!
       전군은 공격을 멈춰라! 충차가 알아서 함정에 빠질
       것이다!
병사들   예!

병사들, 공격을 멈추고 성벽 아래를 뚫어져라 본다.

병 1   그놈들 진짜 딱 함정을 향해서 달리네.

병 2	마술이라도 부린 것처럼 딱 그곳을 향해 가는구나. 묵적이 외신 주문이 효력이 있나 보다.
병 3	아이고, 이제는 진짜 한 걸음이다.
병 4	아이구! 이제는 빠져버렸다. 여기까지 냄새가 올라오는 듯하다.
묵적	(방백) 맹승! 용감하다! 그대의 사기(詐欺)가 우리의 사기(士氣)를 진작했다.
장질	전군은 똥 무더기에 빠진 초의 병력이 똥통에서 빠져나오지 못하게 모래주머니를 던져라!
병사들	예!

병사들, 모래주머니를 던진다.

병 1	저놈들! 똥통에 빠져서 빠져나오려는 꼴 좀 봐라!
병 2	저기에 네 분뇨도, 내 분뇨도 섞여 있다.
병 3	너랑 내가 섞여 초로 돌아갈지다!
병 4	똥 냄새 때문에 전의를 잃어버렸다. 뒤쪽에서 오던 충차들도 우왕좌왕하며 후진하기 시작한다.
병 1	희한한 전략인 줄로만 알았더니, 모의전이라 이 전략이 먹히는구나.
묵적	모두 활을 들고 후방의 병사들을 향해 쏘시오! 우왕좌왕하는 틈을 타 그들에게 피해를 입혀야 하오!
병사들	예!

병사들, 활을 쏜다.

병 1	전 병력이 후퇴합니다! 분뇨에 젖은 병사들이

다가오자, 누구라 할 것 없이 뒤로 물러나고 있습니다.

장질   전군! 공격을 멈추고 상황을 주시한다!

병사들   예!

사이.

묵적   병사들 모두가 물러났소. 첫 공방은 우리의 작전이 먹혀들었소. 하지만 초 군은 병력이 많고 기술이 뛰어나 어떤 방법으로 공격해올는지 도저히 상상조차 되지 않소. 전군은 긴장을 늦춰서는 안 될 것이오!

병사들   예!

묵적, 퇴장.

병 1   그이 말대로 될 줄은 꿈에도 몰랐네. 몸에 똥칠하고 도망치는 적군의 꼴이란.

병 2   수많은 전쟁을 겪었지만 지금처럼 우스운 건 처음이다.

병 3   한데 어찌 마술처럼 충차가 함정에 향한 겔까? 묵가가 선술을 변통한다는 소문이 사실이란 말이더냐?

병 4   전투 전에 묵자께서 외시던 주문이 효력을 발휘한 것이 아니겠는가? 어찌 됐든 우리는 거자 명을 따르러 가자.

장질, 병사들, 퇴장.

2

공수반, 입장

공수반   진정으로 병사들이 똥오줌에 젖었다는 이유만으로
              전장에서 도망쳤단 말이더냐! 목숨이 일각에 달려
              있지 않으니 전장에 몰두하지 못했다는 것이다! 내
              병졸의 목숨을 기어코 군영에 걸어야 하는 것이냐!
              한데 이건 어디서 나는 냄새냐?

초 1, 초 2, 분뇨에 젖은 채로 입장.

초 1   대부, 오라기에 들었지만 채 몸을 씻을 여유도
              없었사옵니다.
초 2   살갗이 부풀어 올라 따갑고 가렵습니다.
공수반   고약한 냄새가 나니 곁으로 오지 마라! 너희는
              어째서 내 명을 거역하고 후퇴를 하였단 말이냐?
              상관의 명령을 불복하는 것은 대역죄다.
초 1   대부. 통촉하여주시옵소서. 저희도 후퇴할 뜻이
              있었던 것이 아니옵니다. 마치 묵적이 환술을 쓴
              것마냥 저도 모르게 퇴각을 한 것뿐이옵니다.
초 2   진노를 거둬주십시오. 입속으로 분뇨가 들어가는
              통에 정신을 차리지 못한 것뿐입니다.
공수반   그 입 닫아라! 두 사람은 칼을 뽑아 들어 목숨을
              걸고 싸우도록 하라. 승한 자가 패한 자의 목을 쳐
              진지 앞에 효수할 것을 명한다.
초 1   대부! 저희가 전우인데 어찌 그리 잔혹한 명을
              내리시는 겁니까.

초 2   대부의 진정을 저희도 알겠으니 이번과 같은 일은
       없도록 하겠사옵니다. 허니 그 명을 거둬주십시오!
공수반   너희, 내가 군인 아닌 공인이라 무시하는 게구나.
       무엇하느냐? 얼른 칼을 꺼내들지 못할까!

초 1, 초 2, 칼을 꺼내 들고 탐색전을 한다.
그때, 자발이 들어온다.

자발   대부! 무엇하는 것이오! 병사들은 얼른 그 칼을
       거두지 못할까!
공수반   전(前) 영윤께서는 소인의 뜻을 꺾지 마시오.
       이놈들이 전쟁 알기를 잡희 알 듯하고 있으니 이와
       같은 명을 내려 긴장케 하려는 것이오.
자발   내 그 뜻은 알겠으나, 군을 다루는 일은 흥분하여
       미거한 맘으로 처리할 것이 아니오. 병사들은 얼른
       나가 몸이나 씻도록 하라!
초 1   예!
초 2   예!

초 1, 초 2, 퇴장.

공수반   전 영윤께서는 어째서 군을 지휘하는 장수의
       명령을 제 뜻대로 거두시는 겝니까! 무릇 손자
       역시도 궁녀를 길들여 모의전을 할 때에 명령을
       듣지 않는다는 이유로 아녀자를 베었음을
       모르시옵니까?
자발   대부, 장수는 단호해야 하나, 오묘해야 하오.
       병사의 목숨이 적에게 달린 것이 아니라 장수에게

	달렸다면, 도리어 병사들은 적군이 아닌 장수에 앙심을 품을 것이오.
공수반	그럼 저들의 불복을 용서하란 말이옵니까?
자발	대부가 벌써 두 수나 묵적에게 뒤졌으니 진노한 것은 내 이해하오. 이럴 때는 외려 마음을 냉(冷)히 먹어 이치부터 따져야 하오.
공수반	허면 소인은 어찌하는 것이 좋겠습니까?
자발	제나라가 초에 쳐들어왔을 때가 스무 해 전이니 대부는 이 나라 사람이 아니었지요? 그때 초는 지금과 달리 전세가 매우 불리하여 전쟁에서 패할 기색이 역력했지요. 그때, 소인이 부리는 사람 중에 좀도둑질에 능한 자가 있었소. 내 그자를 시켜 제나라 장군 본영에 걸려 있던 장막을 훔쳐오게 시켰소. 그 다음 날에는 장군이 베던 베개를 훔쳐오게 했지요. 제나라 장수는 다음번에는 자기 목이 달아날까 두려워 날래 도망치고 말았소.[31]
공수반	허나 소인에게는 그와 같은 재주를 지닌 자가 없습니다.
자발	대부는 뜻을 잘못 알아들은 듯하오. 전쟁에서 이기는 수가 단지 병력이나 전력에 있지 않다는 것을 말하고자 함이오. 내 모의전이 전쟁에 밭을 줄 알았더니 돌아가는 꼴을 보아하니 잡희에 가깝더군요. 하오니, 묵적은 전쟁을 잡희로 막고 있는 형국이오.
공수반	맞습니다. 만약 이것이 진짜 전쟁이었다면 병사들이 분뇨에 몸이 젖었다는 이유로 후퇴를

———————

31 『회남자』(淮南子)에 이 고사가 나온다.

하였겠습니까?

자발   그러니 우리가 병력이나 전력에 앞선다는 이유로
승리를 점치는 것은 불가하지요. 허면 이를 막을
방법은 하나뿐이군요.

공수반   어르신의 뜻이 몹시 궁금하옵니다. 무엇이옵니까?

자발   수는 단 하나입니다. 묵적이 전쟁을 잡희로
막는다면, 초는 잡희를 전쟁으로 막아야지요.

공수반   과연! 옳으신 말씀이옵니다. 한데 그 뜻이 깊고
심오해 병법에 미천한 소인은 그 실천의 수를 잘
모르겠사옵니다.

자발   간단합니다. 본영의 누가 들을지도 모르니 귀를
빌려주오.

자발, 공수반에게 귀엣말을 한다.

공수반   과연! 그와 같은 수가 있었군요.

자발   허나, 드러나지 않게 조용하고 또 섬세히 사용해야
할 것입니다. 잘못하면 아군의 미움을 사게 될지도
모르는 수지요.

공수반   병법의 뜻이란 참으로 깊고 오묘하옵나이다.
어른의 뜻을 깊게 새겨 꼭 승리하겠사옵니다.
그리고 전 영윤 어르신의 도움을 상감께
알리겠나이다.

자발   공수 대부, 아니 되오. 지금처럼 상감이 군의
전력을 의심하고 있는 때에, 어찌 공을 반으로
나누자고 하는 게요? 이는 철저히 공수 대부의
뜻으로 하는 편이 좋습니다.

공수반   어르신의 말씀이 맞습니다. 이치를 따져보니 제

생각이 짧았던 듯하군요. 이 감사의 마음을 전할
방법이 없습니다.

자발   그럼 이 몸은 그만 나가볼 터니, 잘 생각해보시구려.

자발, 퇴장.

공수반   잡희를 전쟁으로 막는 수라! 그 수를 쓴 뒤에는
곧바로 운제로 돌입하여야 할 것이다. 일른
병사들에게 운제의 기동을 연습하도록 해야겠구나.
밖에 있는 병사들은 운제를 거열토록 하라!

공수반, 퇴장.

3

병사들, 입장.

병 1   병영 앞에 선 저 거대한 사다리차가 그 운제라고
하는 것이더냐?

병 2   거리가 멀어서 잘 뵈진 않는다만 그 크기가 성
높이만 하구나. 주위에 선 병사들이 개미
새끼보다도 작다.

병 1   잘 봐두거라. 모의전에서 패하면 우리도 저를 몰고
참전하지 않겠냐?

병 2   너무 작아 잘 뵈지도 않는데, 묵자께서 운제를
대비하는 전략을 세울 수나 있으실지 모르겠다.

병 1   음양오행 이치에 훤하신 분이니 방법이 있으실 테지.

묵적, 장질, 입장.

묵적과 장질은 한 손에 대나무 대를 가지고 있다.

묵적　　적들이 운제를 거열했다는 얘기를 들었는데 어느
　　　　쪽이오?

병 1　　흙먼지 날리고, 거리가 멀어 잘 뵈지는 않습니다만,
　　　　저쪽입니다.

병 2　　저 병사가 눈이 훤해 발견한 것인데, 제 눈에도 잘
　　　　뵈지는 않았습니다.

장질　　허면 어떡하는 것이 좋지요?

묵적　　가져온 대나무 대를 눈에 대고 한번 보시지요.
　　　　뚜렷이 보일 것이오.

장질　　정말입니다. 진지가 뚜렷이 보입니다. 운제가
　　　　있습니다! 사병들이 기동을 연습 중인 듯하옵니다.
　　　　어찌하여 이리 뚜렷이 보이는 겐지요?

묵적　　빛의 성질이 얄궂어 가둬야만 시야가 훤해지는
　　　　법이지요. 나 역시 운제를 관찰해봐야겠소.

장질　　병사들이 운제의 사용법을 익히고 있는
　　　　듯하옵니다. 활대가 튕기듯 사다리가 튀어 올라,
　　　　금세 사다리가 두 배로 길어졌습니다.

묵적　　반으로 접은 사다리를 가죽 끈으로 묶어 고정해둔
　　　　뒤 이를 잘라 그 탄성을 이용하는 방법이었구나!

장질　　한 사다리에 아홉 명이 되는 병사들이 차례로 줄을
　　　　지어 오르고 있습니다. 운제 뒤편에서는 활을 쥔
　　　　병사들이 사다리를 오르는 자들을 엄호하고
　　　　있습니다. 그렇게 전열 중인 운제가 총 열 대나
　　　　되옵니다.

묵적　　모의전을 하는 데에도 이리 많은 재용을 가용한단

말인가! 무릇 수레를 지을 때에도 바퀴 하나에
공인이 열흘씩이나 밤새야 하는데, 그 바퀴가 총
여섯 개씩 열 대이니 허비를 손에 헤아릴 수 없을
지경이다.

장질   운제가 한꺼번에 쳐들어온다면 우리가 막을 방법이
있겠습니까?

묵적   본디 병기는 목재로 만드는 법이니 불에 약하오.
화공으로 막으면 될 것이나, 공수반은 이를
예측하고 분명 송진으로 운제를 칠했을 것이오.
그러니 송진의 성정을 이길 촉매가 필요할 것이오.

장질   운제를 연습 중이라면 한동안은 저로 쳐들어오지는
못하겠지요?

묵적   그렇지요. 다른 전략으로 공성을 시도할 것이
분명한데, 아마도 그 수란 이곳을 향해 활을 쏘아
직접 공격하는 수가 될 것이오. 허나 촉 없는
화살을 쏘아보아야 피해를 입히진 못할 것이니…

장질   거자! 누군가 이쪽을 향해 활시위를 당깁니다!

화살이 날아온다.
장질, 묵적을 몸으로 밀쳐낸다.

병 1   위험했습니다! 하마터면 맞을 뻔했소!

궁 1   두 분 괜찮으십니까?

묵적   다행히 나는 피해 갔소. 장질은?

장질   저도 마찬가집니다.

병 2   활촉이 날카로워 성벽에 박혔소! 초에서 묵 거자를
노리고 쏜 것이 아닐는지요?

궁 2   상감께서 약조하신 게 있는데 설마 그리 비겁한

수를…?

궁 1 화살 깃에 천이 한 장 매어 있습니다. 글씨가 써져
있는데요?

묵적 줘보시오.

묵적, 천에 쓰인 글을 읽는다.

묵적 (방백) 맹승이 몰래 보내온 전갈이다.
(군졸들에게) 장수만 남고 병사들과 궁녀들은
제자리로 돌아가시오. 궁녀들을 모래주머니를
만드는 일을 계속하시고, 병사들은 돌을 모아
쌓아두시오.

모두 예!

병사들, 궁녀들 모두 퇴장.

장질 무슨 일이옵니까?

묵적 초에 잠입한 첩자가 전갈을 보냈소. 병사들에겐
이를 누설할 수가 없어 내보낸 것이오. 편지를
읽어봅시다.
"거자. 달리 전갈을 전할 방법이 없어서 활에 묶어
보내오. 글자 수를 아끼기 위해 말이 짧은 점
양해하시오."

맹승, 들어와 말한다.

맹승 "자한 초에 당도."

묵적 자한이 나라를 팔아먹기로 작정했구나! 만약

자한이 송의 상황을 초 왕에게 알린다면 큰일이다.

자한, 입장.

자한   송에서 초까지 오는데 너무 오랜 시간이 걸렸다.
              초나라는 전쟁 중도 아닐진대 왜 이리 많은 군사가
              진지를 차리고 있는 겐가? 알 수가 없구나. 내
              초나라의 병사들에게 한 번 장수를 만나 뵙게
              해달라고 부탁해보자. (콩콩거린다.) 한데 이게 무슨
              냄새더냐? 지독한 냄새를 쫓아오니 초의 군인이
              하나 보이는구나. 저자에게 말을 걸어보자.
              (맹승에게) 보아하니 그대는 초나라의 군인인
              듯하온데, 그대의 장수를 만나 뵙게 해줄 수 있소?

묵적이 맹승의 편지를 읽는다.

묵적   "소인, 정체 은닉 안면 변칠."
맹승   (자한에게) 내가 바로 초의 장수다. 무슨 일이냐?
자한   본인은 송에서 온 사신이올시다.
묵적   "소인, 궐자 첩자 모함."
맹승   모의전의 첩자가 분명하다! 포박해서 심문하여야
              한다. 우리를 똥 구더기로 빠트린 원흉이다!
자한   모의전이라뇨? 본인은 도저히 무슨 말을 하는 건지
              모르겠소.
맹승   모르는 척하는 것 좀 보라! 송에서 넘어온 첩자가
              우리를 혼란케 하러 온 것이다! 빨리 다들 저놈을
              묶고 매질하라!

초 1, 초 2, 입장.

초 1 저놈 이제는 장수 노릇이냐?
초 2 저놈 아무리 애향심이 깊다 해도 한낱 우리와 같은
      병사에 불과할진대 왜 우리에게 이래라저래라 하는
      것이냐?
묵적 "자한, 부인."
자한 저 좀 살려주시오. 저는 당체 저 작자가 하는 말을
      이해 못 하겠소. 소인은 송나라에서 좋은 소식을
      갖고 온 것입니다.
맹승 송나라에서 우리를 농락하러 온 것이다! 얼른
      포박하라!

초 1, 초 2, 고개를 갸웃하며 자한을 포박한다.

묵적 "소인, 자한 신문."
자한 어찌하여 한 나라의 사신을 이렇게들 대접한단
      말이오? 대의를 위해 대전국에 유리한 정보를 갖고
      적진에 용감하게 침투한 것을 칭송하진 못할망정
      이러한 박대가 말이 된단 말입니까?
맹승 그대는 어찌하여 초에 온 것인가? 이야기하라.
자한 본인은 송의 사성으로 문서를 초에 전달키 위해
      이곳에 온 것입니다.
맹승 송은 모의전에 관리까지 두었더냐? 그래, 문서의
      내용은 무엇이더냐?
자한 문서의 내용은 왕을 만나 직접 고하겠소. 내
      여기서는 밝힐 수가 없소이다.
맹승 이자의 볼기를 마구 때려 사실을 고하게 하여라!

초의 병사들, 자한을 때린다.

묵적   "자한, 자백."

자한   이러다 죽겠소! 그만두시오! 문서의 내용이란 송의
                 조건부 항복을 뜻하는 것이오! 내 이제 사실을
                 밝혔으니 왕을 만나 뵙게 해주시오!

맹승   보라, 우리를 혼란케 하려고 송에서 낭설로 초를
                 홀리려는 것이다! 저자를 옥에 가두어 본때를
                 보여주도록 하라!

초 1   한낱 병사가 장수 노릇하는 건 맘에 안 든다만, 저
                 말은 듣는 것이 좋겠다.

초 2   그래, 기세등등한 송 군이 어찌 모의전을 항복할 수
                 있겠는가. 일단은 투옥하자.

자한   이거 놓으시오! 놓으시오!

초의 병사들, 자한을 끌고 나가려다,

묵적   "문제 발생 자발 등장."

자발, 화를 내며 입장.

자발   이놈들! 운제를 거열하고 연습을 하라는 명령을
                 듣지 못했더냐! 어찌 이리 소란을 피워 막사 안까지
                 그 소리가 들리더란 말이냐!

맹승   대부! 송의 첩자가 성에 잠입하여 소란을
                 피웠습니다.

자발   송에서 첩자를 보내?

자한   저는 첩자가 아니라, 송에서 황급히 달려온

사신이옵니다.

맹승 초를 훔쳐보러 달려온 게지요.

자한 아닙니다. 그저 송의 상황과 실태를 초 왕께
알리러…

맹승 송에 대한 거짓 정보를 제공하겠다는 것입니다.

자한 소인은 묵가에 점령당한 송의 실태를 한탄하여
초로 온 것입니다.

맹승 묵가가 첩자 짓을 그리하라고 명한 것입니다.

자발 잠깐! 조용히 해보라. 그대는 진정 송인인가?
아니면 송인 노릇을 하는 초인인가?

자한 송인 노릇이라뇨? 소인은 송인이옵니다. 소인은
진정 무슨 말인지 알 수가 없소.

자발 진정 아리송하다. 어쩔 수가 없구나. 이자를
투옥하여 심문한 뒤 무엇이 진상인지
알아내보거라.

병사들 예!

병사들, 자한을 이끌고 간다.

묵적 큰일이다. 모의전을 얼른 끝내지 못한다면 초는
송이 아직 전쟁을 준비조차 하지 못했음을 알게 될
것이다.

맹승 "소인, 목욕재계 요망."

맹승, 퇴장.

장질 자한이 진짜 송인임이 밝혀진다면 모의전은 수포로
돌아가는 게 아닙니까?

| 묵적 | 내 송의 상황을 정확히 재현할 것을 규칙으로 삼았으니, 사실상 병사 한 명 이끌지 못하고 모의전을 이어나가야 할지도 모릅니다. |

묵적　　내 송의 상황을 정확히 재현할 것을 규칙으로
　　　　삼았으니, 사실상 병사 한 명 이끌지 못하고
　　　　모의전을 이어나가야 할지도 모릅니다.

장질　　그렇담 방법은 단 하납니다. 승패를 더 일찍
　　　　끌어내는 수밖에요.

묵적　　좋은 생각이 있소?

장질　　병사들에게 상을 내리는 건 어떻습니까?

묵적　　그 말씀 이해하기가 어렵소. 이 상황에 상을
　　　　내리라니요?

장질　　비악하는 거자께선 생각지 못할 방법이지요. 한번
　　　　들어보시지요.

장질, 묵적, 퇴장.

　　　　　4

초혜왕, 공수반, 자발, 태복, 가기들, 입장.

태복　　호국영령께서 진노하시어 하늘이 초의 편에 서지
　　　　않는 가운데 구가(九歌)에서 귀웅(鬼雄)을
　　　　찬미하는 한 곡을 진상하오니 부디 노여움을
　　　　거두소서.

가기들이 연주를 하고, 태복이 노래 부른다.

태복　　조오과혜피서갑(操吳戈兮被犀甲) 무소 갑옷 입고
　　　　오국 창 손 쥐고

차착곡혜단병접(車錯轂兮短兵接) 바퀴 부딪치고 창검 오고 간다.

정폐일혜적약운(旌蔽日兮敵若雲) 깃발 해 가리고 적은 구름 같다.

시교추혜사쟁선(矢交墜兮士爭先) 화살 빗발 와중 장사 전진한다.

릉여진혜엽여행(凌餘陣兮躐餘行) 아군 공격받고 아군 짓밟히며

좌참에혜우인상(左驂殪兮右刃傷) 좌측 군마 사상 우측 군마 부상.

매양륜혜집사마(霾兩輪兮縶四馬) 바퀴 두 개 진흙 빠져 말 넷 낙상.

원옥포혜격명고(援玉枹兮擊鳴鼓) 옥 부채 들고 둥둥 북 울리네.

천시추혜위령노(天時懟兮威靈怒) 용맹하신 신령들은 여전히 분노하서

엄살진혜기원야(嚴殺盡兮棄原野) 가차 없이 적군 베고 들판에 내버린다.[32]

음악이 잦아든다.

태복　　　영령들께서는 부디 묵 편을 거두시고 초 편을 거드소서.

초혜왕　　제가 끝났으면 모두 나가보거라!

태복, 가기들, 퇴장.

32　초나라 시성 굴원이 지은 구가(九歌) 중 「국상」(國殤).

초혜왕	제사가 다 무슨 소용이란 말인가! 땅굴도, 충차도 모두 막혔지 않나! 만약 진짜 전쟁이었다면 초의 피해는 막심했을 것이 아닌가! 제사가 다 무슨 소용이란 말이냐!
공수반	신은 차마 드릴 말씀이 없사옵니다.
초혜왕	초가 이것밖에 안 되는 나라인가? 고작 병력 몇 천의 도성을 함락하지 못해 이리 신고만난을 겪어야 한단 말인가! 게다가 송의 병력 절반은 아녀자가 아닌가!
공수반	상감, 송구스럽사옵니다. 허나 운제를 기동하기만 한다면 전황은 극과 극으로 바뀔 것이옵니다.
초혜왕	내 그 점을 부인하는 것은 아니나, 나태한 우리 병사들이 운제를 제대로 기동할지 걱정이오. 반면 묵적 그놈의 병사들은 송인 노릇에 너무 몰두하는 게 아니오!
자발	맞습니다. 송인 노릇에 너무 열중한 나머지 어떤 병사는 자신이 송의 관리라고 주장하며 초의 진지에 나타나기도 했사옵니다.
초혜왕	뭐라? 정말 알 수 없는 노릇이다. 백성 노릇이 한낱 여흥거리에 불과하다는 말인가?
자발	아닌 게 아니라 정말로 그놈 정체를 알 수가 없어, 군사들에게 궐자를 심문하라고 명하였사옵니다. 그놈의 정보가 분명 우리 군에 도움이 될 것이옵니다.
초혜왕	모의전이 끝나면 내 그들을 문책하여 형을 내려 마땅할 테다!

초 1, 달려 들어온다.

초 1	상감! 송의 도성에서 연희가 벌어지고 있음을 아뢰옵니다!
초혜왕	뭐라?
초 1	작자들이 우리 군을 향해 노래를 부르고 춤을 추며 도발하고 있사옵니다!
초혜왕	이것들이 점점 도를 지나친다. 동포들이 똥구덩이에 빠져 신음을 한 지 채 반나절도 지나지도 않았는데, 그놈들은 정녕 양심이 있는 놈들이란 말인가? 내 항상 여민을 아끼는 진념 (軫念)을 잊지 않고자 했으나, 이 같은 놈들에겐 동포의식마저 아깝다!
공수반	상감, 어딘가 이상하옵니다. 묵가는 비악하여 절용할 것을 강조하는데, 가무라니요? 일부로 우리를 도발하는 것이 분명하옵니다.
초혜왕	그렇다 하더라도 내 이와 같은 만행을 도저히 참을 수가 없다. 소갈머리도 없는 것들이 아닌가! 내 실제 송을 향한 미움보다 송인 노릇을 하는 것들이 더욱더 밉다. 당장 운제를 기동하여 그놈들의 코를 납작하게 해야 할 것이다!
공수반	속단하여 전략을 그르쳐서는 안 될 것이옵니다! 신의 앙청을 양찰하여주시옵소서!
초혜왕	과인은 노하여 어찌 줄을 모르겠다. 이 분을 어찌 삭일 것인가? 적어도 그들이 송인 노릇하는 것에 경고라도 해야 할 것이 아닌가?
자발	그래야지요. 송인 노릇 하는 자들에게 분명 경고해야 할 것이옵니다. 하오나 운제를 당장 기동하게 된다면 전황을 도리어 더욱 그르치게 될

것이옵니다.

초혜왕　　그럼 이 화를 어찌 풀란 말이오?

자발　　　〔공수반에게〕 대부, 지금이야말로 그 뜻을 아뢰올
　　　　　때요.

공수반　　〔자발에게〕 어르신의 충고를 따르겠습니다.
　　　　　〔초혜왕에게〕 상감! 마침 신에게 송인의 기를 꺾을
　　　　　좋은 생각이 있습니다. 전략이 잘 먹힌다면 송에 큰
　　　　　피해를 입힐 수도 있을 겁니다.

초혜왕　　무엇이오?

공수반　　이 수는 대왕의 결단이 필요하니, 암실에서 이르는
　　　　　편이 낫겠사옵니다.

초혜왕　　무슨 수이길래 그리 단호하게 말하는 것이오?

자발　　　대부의 뜻이 저리 깊다면, 숙고와 사색이
　　　　　충분했음을 뜻하니 그것이 무슨 수라 할지라도
　　　　　상감께서는 허하시는 것이 좋겠사옵니다.

초혜왕　　좋소. 허나 이 몸의 노여움을 풀 수 있음이
　　　　　확실하여야 할 것이오!

초혜왕, 공수반, 퇴장.

자발　　　병법의 심의라는 것이 전황을 뒤흔들 정도의
　　　　　위력을 가질 것이냐? 아니면 우리의 패배를 더욱
　　　　　가속하는 수가 될 것이냐? 어느 쪽이 되더라도 내
　　　　　자리 되찾는 데 도움만 된다면 결과가 무슨
　　　　　상관이겠느냐!

자발, 퇴장.

궁녀들, 병사들, 노래를 부르고 춤을 추면서 들어온다.

궁 1　　　이번에는 내가 노래하겠소.

　　　　(노래)
　　　　군자우역(君子于役) 부역 나간 우리 님은
　　　　부지기기(不知其期) 돌아올 날 속절없네.
　　　　갈지재((曷至哉) 언제쯤에 오시려나.
　　　　계서우시(雞棲于塒) 닭은 홰대에 올라앉고
　　　　일지석의(日之夕矣) 날은 모두 저무는데
　　　　양우하래(羊牛下來) 양과 소도 집에 왔는데
　　　　군자우역(君子于役) 부역 나간 우리 님은
　　　　여지하물사(如之何勿思)[33] 내 어이 그립지 않겠소.

병 1　　　좋다! 나도 한번 한 곡조 뽑아보지요.

　　　　(노래)
　　　　아출아거(我出我車) 수레 타고 집을 나서
　　　　우피목의(于彼牧矣) 시골길을 달리는데
　　　　자천자소(自天子所) 천자께서 임하시어
　　　　위아래의(謂我來矣) 나를 부르신다 하네.
　　　　소피복부(召彼僕夫) 수레 모는 마부 불러
　　　　위지재의(謂之載矣) 출정 준비 명하여라.
　　　　왕사다난(王事多難) 나랏일이 다난하니

---

33 『시경』(詩經), 「군자우역」(君子于役).

유기극의(維其棘矣)[34] 애 먹는 일 무척 많다.

궁녀들, 병사들, 모두 가무에 열중하고 노는 가운데,
묵적, 장질, 입장.

장질   묵가가 비악을 한다는 사실은 저들이 모두 아는
           사실이니, 이것이 전략이자 도발임은 분명히
           눈치를 챘을 텝니다.

묵적   수작임을 눈치 채고도 공격을 한단 말이오?

장질   초 왕은 본디 하극상을 견디지 못하는 성격이외다.
           천하 만민이 자신의 발밑에 있다 생각하니, 외려
           먹혀드는 게지요.

묵적   그대의 지혜를 빌려 쓰는구려.

병사들, 묵적을 발견한다.

병 1   거자께서도 한 곡조 뽑으시지요!

궁 1   소녀도 거자의 노래를 들어보고 싶습니다.

묵적   소인은 재주가 없소.

궁 1   빼지 마시지요. 무릇 사람이라면 흥이 있고 가락이
           있는 법입니다.

묵적   비악을 강조한 뒤 내 항시 음악을 경계하며
           살아왔소.

궁 1   여태껏 우리가 묵인 노릇, 송인 노릇하지
           않았습니까? 그럼 묵자께서 눈 한번 딱 감으시고,
           단 한 번 초인 노릇 해보시지요.

---

34 『시경』(詩經), 「출거」(出車).

묵적　　그리 보채니 내 알겠소. 하지만 이 노래는 내
　　　　묵적으로서 하는 것이 아니라 초인으로 하는
　　　　것이오.

（노래）

십오종군정(十五從軍征) 열다섯에 군인으로 전쟁
나가

팔십시득귀(八十始得歸) 팔십 되어 고향으로
돌아왔네.

도봉향리인(道逢鄕里人) 귀향길에 고향 사람 하나
만나

가중유옥수(家中有阿誰) 우리 집에 누가 사나
물었더니

요망시군가(遙望是君家) 멀리 있는 우리 집을
가리키네.

송백총유유(松柏冢纍纍) 소나무와 잣나무는
우거지고

토종구두입(兎從狗竇入) 산토끼가 개구멍에
들어가고

치종량상비(雉從梁上飛) 무심한 꿩 들보 위를
날아가고

중정생여곡(中庭生旅穀) 안마당엔 잡곡들만
무성하고

정상생여규(井上生旅葵) 우물가엔 아욱 풀만
무성하다.

팽곡지작반(烹穀持作飯) 곡식 뽑아 밥 한 그릇
지어내고

채규지작갱(采葵持作羹) 아욱 뜯어 국 한 그릇

끓였다네.

갱반일시숙(羹飯一時熟) 국과 밥은 금세 한 상

차렸다만

부지이옥수(不知貽阿誰) 함께 한 상 먹을 이는 어디

있나.

출문동향망(出門東向望) 문을 나가 동쪽을

바라보니

누락첨아의(淚落沾我衣) 눈물 흘러 헤진 옷만

적시더라.[35]

좌중, 묵적의 노래를 듣고 조용한 분위기.

병1   우리는 몇 살 때 군에 들어왔더냐.

병2   전쟁 다 끝나면 제대시켜준다더니.

병1   전쟁 끝나면 그 전쟁을 끝낼 전쟁을 하고.

병2   꼬리에 꼬리를 물고 이어지더니 벌써 이십 년이다.

병1   거자 노래 듣고 나니 마음이 편치 않소.

짧은 침묵.

묵적   여흥은 이만하면 충분한 듯하니, 각자 대열로
       돌아가 하던 일을 마저 하도록 합시다. 아직 전쟁은
       끝난 게 아니잖소.

좌중   예.

좌중, 퇴장하려는데,

---

35 한나라 때 작자 미상의 시 「십오종군정」(十五從軍征).

병 1	내 잘못 들은 건가? 말굽 달그락거리는 소리가 들리는 듯하다.
병 2	해 지는 중이라 잘 뵈진 않소만 모래바람도 이는 듯하다.
궁 1	귀 밝은 이 몸이 듣기에도 말굽 소리 맞소.
궁 2	눈 밝은 이 몸이 보기에도 모래바람 맞소.
장질	거자, 무언가 심상찮은 일이 벌어질 것 같은 느낌입니다.
묵적	운제가 아직 준비되지 않았을 텐데 적군이 벌써 쳐들어올 리 없지 않겠소?

병 3, 다급히 달려온다.

병 3	큰일이오! 초 군이 활을 든 병사를 앞세워 진군하고 있소. 모두 당장 방어할 태세를 갖추시오!
묵적	어찌하여 해 다 진 시각에 촉 없는 화살을 메고 진군을 한단 말이오?
병 3	그게 아닙니다. 놈들이 규칙을 어겼습니다. 활은 촉이 날카롭고, 창은 벼려 새파랗더이다. 게다가 놈들은 성의 반대편으로 진군하여 우리의 허를 찔렀습니다.
묵적	공수반이 약조를 어겼구나!
병 3	하여 성벽 반대편을 지키는 병사들이 위험합니다. 초의 병사들이 금세 이곳으로도 당도할 것이니 시간이 밭더라도 얼른 방비하여 이곳을 지켜야 합니다.
장질	허면 반대편의 병사는 어쩌란 말입니까?
병 3	병사들이 대피하는 것이 좋겠지만, 그리하면

성벽이 금방 점령당하고 말 것입니다. 하여
병사들은 그곳에 남아 성벽을 지킬 것이라
말했습니다.

묵적   작자들이 무기를 들었다면 패배를 인정한 것인데,
병사들은 무엇하러 그곳을 지키고 있다는 말이오!

장질   거자! 제가 그곳으로 가보겠습니다.

묵적   아니 되오. 위험합니다. 정녕 저들이 살의를 품고
온 것이라면 피해를 최소로 해야 하오. 장질은
이곳에 남아 목숨을 지키시오.

장질   거자께서는 분명 묵의(墨義)는 하나라도 더 많은
목숨 구하는 데 있다 하시지 않았습니까?

묵적   단 한 사람의 피해도 없어야 하기에 모의전을
제안한 것이었소. 그런데 장질이 그곳에 가 죽게
된다면 모의전을 제안한 바가 무슨 소용이겠소?
그러니 부디 뜻을 굽히시오.

장질   소인은 차마 죽어가는 사람을 그냥 바라보고만
있을 수는 없습니다! 부디 명을 어기는 저를
용서하십시오!

장질, 퇴장.

묵적   내 손에 달린 목숨이 너무 많아 떠나는 사람을
붙잡을 여력이 없다! 부디 아무 일도 없길 바랄
뿐이다. 예 있는 모든 사람들은 얼른 몸을 숨겨야
하오! 모두 성벽 아래로 내려가 화살이 닿지 않게
몸을 숨기시오!

전원, 퇴장.

87   3막

6

공수반, 입장.

공수반   수천 활이 송의 도성을 향해 날아간다. 하나라도
        임자 찾아 목숨 앗을 것. 송 군은 사기 꺾여
        반격조차 못할 것. 몽둥이가 전부이니 상상조차
        못할 것. 단 하나 걸리는 게 있다면 애초에 묵적과
        했던 약조뿐이다. 허나 자발께서 이리 이르셨지.

자발, 입장.

자발   묵적과의 약조가 문제라면, 약조의 대상조차
        해하면 되는 일이 아니겠소? 만약 묵적을 해한다면
        모의전을 승리함은 물론이고, 송과의 진전 역시
        이기지 않겠소? 전쟁에 약조와 화친이 무슨 의미가
        있겠소? 먼저 규칙을 어기는 쪽이 승리하는 것이
        바로 전쟁의 유일한 규칙이오!
공수반   내 맘 같아서는 어수선한 틈을 타 송의 성벽 넘어
        그놈 목을 베고 싶구나. 허나 자발께서는 이리
        말하셨다.
자발   동족을 베는 데 있어 중요한 것은 대의이오. 명분이
        앞서면 친족을 베어도 탈이 없고, 외려 친족의
        칭송을 듣게 되오. 따라서 아방의 군인들에게
        상벌을 정확히 일러 송을 공격하는 것이 벌을
        내리는 것임을 분명히 해야 할 것이오. 대부!
        그러니 송으로 하여금 자진하여 벌을 유도하도록
        해야 함을 명심하시오!

자발, 퇴장.

공수반   하여, 성벽을 넘는 일은 운제에 맡기도록 하자.
         어차피 이는 운제를 시험하기 위한 모의전이
         아니었던가! 이제 상감께 전황이나 아뢰러
         가야겠구나.

공수반, 퇴장.

4막

1

초혜왕, 보초 1, 보초 2, 입장.

초혜왕 공수반과 자발이 저녁 무렵 수차례 전황을
       보고하러 왔으나 듣지 않았다. 무슨 일이 있었던
       건지 전연 궁금치 않으니 누가 찾아와 급한
       일이라고 하여도 자고 있다고 알려라. 또한 처소
       앞을 잘 지키도록 해라. 태복이 이르길 오늘은 양이
       음을 넘어서는 날이라고 하였다.
보초들 예. 명심하겠습니다.

초혜왕, 퇴장.

보초 1 상감께서 겨우 잠드신 듯하구나. 저녁 내내 작은
       소리 하나에도 예민하게 반응하시더니 결국 자기
       입 밖으로 나오는 신음소리 들으시며 잠에 드셨다.
보초 2 상감께서도 그 수가 불인함을 모르시겠느냐.
       무기를 들지 않기로 함을 어겼으니 잠에 들지
       못하신 게지.
보초 1 쉿, 상감께서 들으시면 어쩌려구. 우리는 그저
       조용히 입 다물고 귀뚜라미나 꺼내어
       놀아보자꾸나.
보초 2 알겠다. 귀뚜라미 자웅 겨뤄 지는 쪽이 술 사기다.

보초 1   나 저번 놈보다 더 크고 실한 놈을 구해왔으니 쉬이
         죽지 않을 게다.

보초 2   말 많은 놈 치고 이기는 놈 없다더라. 여튼
         꺼내보거라.

보초 1, 보초 2, 귀뚜라미를 싸움 붙이는 놀이를 한다.

보초 1   두 놈이 싸울 생각을 안 하니 우리 둘 다 꽁무니를
         때려보자.

보초 2   이놈들 그래두 꿈쩍 않는 것 보니 이상하다. 땅바닥
         두드려 채근해보아라.

보초 1   쓸모없는 놈들. 그냥 밟아 죽이는 편이 낫겠다.

보초 2   그만두어라. 죄 없는 미물 밟아 죽이다가 천벌
         받는다. 녀석들도 우리처럼 전쟁하기 싫은 게지.

보초 1   한낱 미물이 어찌 인도를 알겠느냐.

보초 2   인도가 어긋나면 하늘에서부터 움직이는 법이시다.

장질, 입장.

보초 1   거기 누구냐? 정체를 밝혀라.

보초 2   성명을 대지 않으면 칼끝을 대겠다.

보초 1   대답을 하지 않는 걸 보니 이상하다.

보초 2   보아하니 계집인 듯한데 어찌 상감 침소 앞을
         떠도느냐.

보초 1   어두워서 잘 뵈지는 않는다만 익숙한 얼굴이다.
         장질이 아니신가?

보초 2   장질께서는 어찌 말 한마디 하지 않고 우리를 그리
         바라보기만 하시오?

보초 1   장질께서는 송에 있으셔야 하는 것이 아니오? 어찌
          늦은 밤에 귀국하여 우리에게 손짓을 하시는 게요?
보초 2   가까이 오라는 손짓이니, 네가 한번 가보거라.
보초 1   장질께서 상감께 긴히 드릴 말씀이 있으니 모셔
          오라 말하신다.
보초 2   상감께서 깨우지 말라 명하셨다 전해드려라.
보초 1   알아서 나오실 거라 이르는구나.

초혜왕, 입장.

보초 2   장질 말씀이 진정이구나. 상감! 장질께서
          찾아오셨습니다.
보초 1   상감께서 장질을 뵈러 오셨으니, 저희는 삼가
          하직하겠습니다.

보초 1, 보초 2, 퇴장.

초혜왕   겨우 얕은 잠에 들어 시름을 덜까 했더니 누군가
          나를 부르는 소리에 잠이 달아나고 말았다. 게 서
          있는 자는 누구냐? 등을 밝혀 얼굴을 밝히고
          정체를 밝혀라.

장질, 아무 대답하지 않는다.

초혜왕   내 그대 목소리만으로는 누구인지 판별키 어렵다.
          성명을 대도록 하라. 어찌 대답이 없는 것이냐?
          귀신이 곡할 노릇이로다. 이 암야에 처소 안에 들
          수 있는 자는 귀객뿐이 아니더냐. 그대, 진정

귀객이더냐?

장질, 아무 대답하지 않는다.

초혜왕   그만 부르고 이름을 대라! 진 민공이냐? 아니면
        기 간공인가? 채나라 재인가? 혹시 백공 승이냐?[36]
        내 죽인 사람이 너무 많아 짐작 가는 데도 너무
        많다. 설마… 어제 죽은 병사더냐? 그 삭선은 내
        머리에서 나온 게 아니다. 한데 어찌하여 과인을
        탓하는 겐가? 동포를 맞은편에 두고 가무를
        일삼으며 즐겼던 자신을 탓할 노릇이다!

장질, 아무 대답하지 않는다.

초혜왕   이름을 밝혀라! 내 죽은 병사들의 원혼은 꼭
        달래어주겠다. 여느 때보다 후한 장례를 치러줄
        것을 약속하마!

무대 뒤에서 들려오는 곡소리.
장질, 퇴장.
공수반, 입장.

공수반   상감! 송의 도성에서 장례가 거행 중입니다!
초혜왕   원혼을 달래는 소리가 들리지 않느냐! 이승에서의
        원한은 잊고 저승으로 얼른 꺼지지 못할까!

---

36 열거한 인물들은 초혜왕 즉위 때 정복한 나라들의 군주들이다. 백공 승은
     초혜왕 즉위 초에 난을 일으켰던 인물이며 그는 오자서의 난 때 피난한
     태자 건의 아들이다.

공수반   상감! 소인 공수반이외다!

초혜왕   어차피 내 이제 살날도 얼마 남지 않았다.
          이 원한은 저승에서 푸는 편이 나을 것!

공수반   상감! 정신 차리시지요! 신 공수반이외다.

초혜왕   그래, 공수반이다! 이는 공수반의 계략일지니 얼른
          그리로 가라!

공수반   상감! 상감!

곡소리, 멈춘다.

초혜왕   대부!

공수반   상감, 정신이 드시옵니까? 숨을 가다듬으시고
          의자에 앉으시지요. 악몽을 꾸셨나 봅니다.

초혜왕   내게 잘못을 고하라 하였소. 모든 게 다 내 탓이라
          하였소. 자기 손을 잡고 같이 가자고 하였소.

공수반   상감, 궐자는 이미 물러갔사옵니다.

초혜왕, 겨우 정신을 차린다.

공수반   희소식을 들고 찾아왔습니다마는… 이래서는
          희소식이라 할 수도 없겠습니다.

초혜왕   무슨 소식이오?

공수반   송의 도성에서 장례를 치르고 있사옵니다. 소인이
          만든 활촉이 벼린 까닭이겠지요. 묵가에서는
          장례를 간소히 하는 것을 법칙으로 할진대, 이렇게
          급박한 와중에도 장례를 치렀다는 건 그만큼
          피해가 컸다는 뜻일 테지요.

초혜왕   허, 한두 사람이 아니란 말인가.

공수반	예, 신의 전략이 성공하여 많은 사상자가 있었던 것으로 추측되옵니다.
초혜왕	아. 어찌 양민(良民)이 죽은 것을 기뻐하리오.
공수반	상감, 대를 취하기 위해 소를 잃은 것뿐이옵니다. 그 덕택에 묵가 놈을 완전히 궁지에 몰아넣지 않았습니까?
초혜왕	아니다. 한순간 대노에 정신을 잃어 그저 백성의 목에 활을 겨누고 만 것뿐이오. 그들이 비록 송인 노릇을 한다 해도 과인의 양민이란 점을 잊었소. 이야말로 대의멸친이다.
공수반	송인이라면 적이기에 활을 맞을 만한 것이고, 초인이라면 백성이기에 벌을 받을 만한 것이옵니다.
초혜왕	장질까지 당했다면 어쩔 것이오.
공수반	아무리 묵가일지라도 부녀자를 전방에 배치하겠소이까?
초혜왕	아—— 아직까지 곡소리가 들리는 것만 같다.
공수반	잊으시지요. 곧 있을 대승만 생각하시옵소서.
초혜왕	아—— 상념이 쉽게 떨쳐지지 않는다.
공수반	상감! 통촉하옵니다! 일국의, 아니 대국의 왕이 제 나라 백성 몇 명 죽었다 하여 그리 약한 모습을 드러내서야 되겠사옵니까.

잠깐의 침묵.

초혜왕	공수 대부 말이 맞소. 내 너무 분별없이 경거망동했소. 그래, 천명을 어이해 돌이키겠소.
공수반	상감!

초혜왕   내 천벌을 달게 받을 터이다. 하지만 아직 매가
        (買價)를 치르기에는 그 값이 너무 싸지 않은가.
공수반   올바른 결정이옵니다. 이 모든 것이 대의를 위한
        것이 아니겠습니까.
초혜왕   내 왕위에 즉위했을 때 열국의 패자가 되는 꿈을
        꾸었더랬소. 한데 어찌하여 단 한 번의 악몽에 그
        꿈을 꾸지 않을 수가 있겠소.
공수반   옳으신 말씀이옵니다. 송이 장례를 치르는 규모로
        볼진대, 크나큰 피해를 입은 것이 분명하옵니다.
        또한 병사들은 그 오만한 자신감에 상처를 입었을
        테지요. 이제 그들은 정말로 죽을지도 모른다는
        공포감으로 겁에 질려 좌불안석할 텝니다. 지금이
        바로 적기입니다.
초혜왕   좋소.
공수반   오늘 정오에 운제를 기동토록 하겠나이다. 송의
        도성에서 승전보를 울릴 터이니 상감께서는 그
        소리만 기다려주시옵소서.
초혜왕   내 모두 좋소만, 이제부터는 단 한 명의 희생자도
        없도록 각별히 주의하시오.
공수반   예, 병사들에게도 주의케 하겠사옵니다. 삼가
        하직하겠나이다.

공수반, 퇴장.

초혜왕   내 방금 보고 들은 것 모두 꿈이라면 좋겠다. 허나
        꿈이야말로 삶의 모의전일지니, 깬 뒤에는 또다시
        반복되겠지. 곧 또다시 듣기 싫은 소리가 들려올
        것만 같다.

갑자기 들려오는 곡소리.

초혜왕   누가 저 소리를 좀 멈출 수 없는가! 누구 없는가!

초혜왕, 퇴장.

2

송의 병사들, 궁녀들, 소리를 내며 무대 위로 입장한다.

병 1   제사 의식이 모두 끝남에 따라 예혼(禮魂)을 불러
         장질을 진혼토록 하겠습니다.

궁녀들, 노래를 부른다.

궁녀들   성례혜회고(成禮兮會鼓) 제사 끝나 일제히 북을
         치네.
         전파혜대무(傳芭兮代舞) 파초 건네 일제히 춤을
         추네.
         과녀창혜용여(姱女倡兮容與) 고운 여인 노래 멀리
         퍼져
         춘난혜추국(春蘭兮秋菊) 봄에 난초, 가을엔 국화.
         장무절혜종고(長無絶兮終古)[37] 길고 끝없이 영원히
         이어지네.

────────

37 구가(九歌) 「예혼」(禮魂).

노래가 점점 줄어들며,

궁 1 　전장에 가기가 할 일 무언가 했더니 예혼을 부르는
　　　일이었는가.

궁 2 　사상자 하나 없었으나 어찌 상감께서 가장
　　　총애하던 장질이 가셨단 말인가.

궁 3 　장질께서 우리를 구하시려다 결국 활에 맞은
　　　것이다.

병 4 　그분께서 우리 곁을 떠나시던 그 모습이 아직 눈에
　　　선하다. 내 목숨을 구하시려 몸을 덮쳐 활에 대신
　　　맞으셨으니, 참으로 의인이셨다.

병 1 　허나 묵자는 참으로 불의하다. 그분이 장례를
　　　반대하는 것은 익히 알고 있다만, 자신을 따르던
　　　장수가 죽었음에도 이리 매몰찰지 몰랐다.

병 2 　묵자께서 우리를 살리실 수를 고민하느라 장례에
　　　오지 못한 것인데, 어찌 그를 비난하는가?

병 1 　우리가 무슨 수로 다음 전투에서 살아남을 수
　　　있다는 이야기냐?

병 2 　충차가 똥구덩이로 향하던 것을 생각해보아라.
　　　묵자께서 무슨 수라도 생각해낼 것이 분명하다.

병 3 　묵자께서 환술에 능하셨다면 장질도 살려내셨을
　　　것이다.

병 1 　고국에서도 내다버린 우리다. 전투에서 살아난다
　　　해도 살아날 길 없다.

궁 1 　병사들 말들 마소. 우리는 절차 따라 짚 인형 만들
　　　생각이오.

궁 2 　짚 인형을 만들어 가시는 길 함께할 친구라도
　　　만들어드려야지.

궁 3   우리는 지푸라기나 주우러 가자꾸나.

묵적, 입장.

묵적   모두들 대형으로 돌아가 지시를 기다리시오.
           아직은 전시니 장례는 예까지만 하시오.
병 1   거자! 어찌 사람이 죽었는데 이리 매몰차게 장례를
           중단하라 하오.
묵적   지금은 후장(厚葬)을 할 때가 아니오. 우리가
           장례에 빠져 더 큰 희생이 나오면 어찌할 게요.
궁 1   너무하옵니다! 장질은 제가 모시던 분이었습니다.
           장질께서 묵 거자를 극진히 모셨는데 거자는
           슬프지도 아니하옵니까?
묵적   나 역시 어찌 슬프지 않겠소! 허나 내 더욱 슬픈
           일은 우리가 장례를 치르다 송의 도성 전체가
           무덤이 되는 일이오.
병 3   우리는 초의 반역자요. 한데 왕께서 우리의 장례를
           허여(許與)하시겠습니까? 하오니 우리는 지금
           우리의 장례를 먼저 치르고 있는 것이오! 내 장례를
           치르면 죽었다 생각하고 용감히 싸울 것이오.
궁 2   사지로 자신을 내몰겠다고? 다음번 공격에 초 군은
           날카로운 칼과 화살을 무장한 채로 우리를
           무참하게 덮치지 않겠소! 반면 우리가 가진 무기란
           나무 몽둥이와 촉 없는 화살뿐이지 않소!
병 2   그렇담 이대로 그저 당하자는 얘기요? 나 죽더라도
           우리를 업신여긴 초를 가만둘 수 없소! 비록 휘두를
           것이 몽둥이뿐이더라도 누구 하나라도 가는 길에
           데리고 갈 것이오!

좌중, 웅성대는 가운데 묵적, 화를 낸다.

묵적   조용히들 하시오! 어찌 우리가 가진 게 없다고 할
      것이오? 저들은 칼과 활을 가졌음에도 모의전을 할
      뿐인데, 우리는 나무 몽둥이를 갖고도 전쟁에
      임하고 있지 않소! 초 군보다 우리가 가진 무기가
      더 날카로울진대 어찌하여 우리가 패하겠소!

병 4 하오나, 목전에서 장수가 쇤네를 지키다 그리되니
      사자에게 미안할 따름이오. 하여 쇤네는 장질님께
      마땅한 장례를 치러 도리를 다하고 싶은 것뿐이오.

묵적   장질은 이승을 떠나며 그대들을 잘 부탁한다고
      하였소. 또한 귀신이 되어 우리를 지킬 것이라
      약속했소. 한데 어찌하여 목전에 죽음을 앞둔
      사람처럼 장례를 고집하는 것이오? 그대들이
      살아남는 것이야말로 사자에 도리를 다하는
      것이오!

궁 2 하오나 저들은 날카로운 칼을 무장하고 있지
      않소이까?

묵적   그대들이 비록 송인 노릇하더라도 초 군일진대,
      어찌 상대편이 마음 편히 활시위를 당겼을 게라
      생각하오? 저들 역시 잡희에서 송인 행세 맡을
      뻔한 자들이었소. 한데 어찌 시위를 당기는
      손가락에 망설임 하나 없었을 것이오?

병 1 아무리 거자의 말씀이 이치가 선다 해도, 우리가
      느낄 두려움을 헤아려주시오!

묵적   그게 바로 당신네들이 함락한 자들이 느낀
      두려움이며, 송나라 사람들이 느낄 공포요!

사이.

궁 3   저들은 운제를 무장하여 쳐들어올진대, 묵자께서는
       정녕 이길 방도가 있다고 생각하십니까? 생각해둔
       해법이 있으신지요?
묵적   없소!
궁 3   한데 어찌 필패의 명을 거스를 수 있다 말하는
       겝니까?
묵적   주어진 대로 빌어먹고 사는 것이 천명이라면 그에
       따를 생각은 추호도 없소! 패배하는 것이 명이라?
       좋소! 나 그럼 비명(非命)하여 패배하지 않겠소! 나
       전략이라면 하나 있으니 그대들에게 명하겠소.
       아니, 비명하겠소! 절대 지지 마시오! 이것이
       유일한 전략일 따름이오! 누구에게도 나를 따르라
       강요하진 않겠소. 나, 한 사람이라도 더 살릴
       것이오!

묵적, 퇴장.

병 2   나는 이리 죽음만 기다리고 있을 생각 없다.
       장질께서 그러했듯, 나는 묵자를 따를 것이다.

병 2, 퇴장.

병 1   그래, 어찌 죽으라는 상감 명을 따르겠는가.
병 3   내 아직 제대도 못 했는데 어찌 죽음을 말할 텐가.
병 4   집에 돌아가면 갱반을 함께할 가족이 있을지어다.
궁 1   전쟁이 끝나고 나면 장질님의 장례를 치러드릴 테다.

궁 2   장질님의 뜻을 헛되이 하지 않을 테다.

모두, 퇴장.

3

공수반, 자발, 맹승, 초의 군인들, 입장.

공수반   이제 마지막 공격이다. 모의전에서 승리하면 내
         공에 따라 치하하고 호궤를 베풀 것이나,
         패배한다면 문책할 것이다. 그러니 그대들은
         목숨을 걸고 싸워야 할 것이다. 저들을 같은
         동포라고 생각하지 마라. 상감 역시 전쟁이 끝나면
         저들을 엄벌할 것이라 했다. 만약 사상자가 나온다
         하더라도 그대들에게는 아무런 문책도 하지 않을
         터이니 그대들은 그저 싸울 생각만 하라!

좌중, 조용한 가운데 맹승이 손을 번쩍 든다.

공수반   뭔가?
맹승   이번 전투에서도 활촉이 붙은 활과 날 서린 창을
         사용하는 겁니까?
공수반   내 이번에도 그리하라 명하고 싶지만 상감께서
         허하지 않으셨다.
맹승   다행이오. 내 어찌 동포에게 다시 칼 겨눌까
         걱정했소. 어젯밤 곡소리에 혹여 내가 쏜 활에
         친우가 맞아 죽은 것은 아닐까 싶어 잠 못 이뤘소.

좌중, 맹승의 말에 동요한다.

공수반   송 군은 벌을 받을 만한 짓을 했는데 어찌 그대는
          죄인을 동정하는 것인가?

맹승   송 군도 그저 묵가가 시키는 명에 따랐을 노릇인데,
          어찌 그들을 죄인이라 할 수 있겠습니까?

공수반   송인 노릇도 적당해야지! 그들은 송인 노릇에 너무
          몰두했다! 따라서 본분을 잊고 초인과 상감을
          노엽게 한 것이 바로 죄다!

맹승   소인도 물론 가무 소리를 듣고 화가 났던 것은
          사실입니다. 허나 한때 전우였고, 또 전우로 돌아올
          친우들이 고작 이런 잡희에서 죽어야 하다니요.

공수반   병사! 지금 내게 대드는 겐가?

맹승   대드는 것이 아니옵니다. 소인은 모의전이 끝난
          후에 송 편에 선 전우를 뵐 낯이 없어 그런 게지요.

좌중, 웅성거린다.

공수반   조용히들 하지 못할까! 걱정하지 마라! 송인 노릇한
          군인들은 대역죄로 처벌을 받을 것이니 다시는
          낯을 볼 일이 없을 것이다!

맹승   소인, 송인 노릇이 싫어 초 군으로 탈영한
          병사이오. 내 탈영하지 않았다면 아직 그곳에
          있었을진대 그렇담 소인 역시 대역죄인이란
          말이오!

공수반   병사는 조용히 하라! 기강을 흐리고 있다!

맹승   소인, 도저히 송을 공격할 수 없소. 소인은
          그만두겠소! 차라리 나를 죽이시오! 나는 절대로

동포와 싸울 수 없소!

공수반   저자를 잡아 베어라!

병사들, 누구도 움직이지 않는다.

자발   대부! 모의전에서 군령을 그대로 따라 대역죄를
           이를 필요가 무엇이오?

초 1   공수 대부! 저자는 애국자입니다. 비록 말은 거치나
           뜻은 나라와 상감을 위하는 것이옵니다.

공수반   어찌 이리 반역자가 많은가!

초 2   공수 대부! 저자는 애향심으로 머리가 돈
           사람이옵니다. 부디 자비를 베풀어주시옵소서!

공수반   오냐! 누구도 저자를 베지 않는다면 내 손으로
           베겠다.

자발   대부! 그만두시오!

공수반, 병사의 도(刀)를 뽑아 맹승을 향해 칼을 치켜든다.

모두   통촉하옵소서!

공수반, 깜짝 놀라 손에서 도를 놓친다.

공수반   내 오늘은 자비를 베풀어 너를 베지는 않겠다!
           병사들은 모두 출진을 대비하고 기다리고 있으라!

공수반, 퇴장.

자발   (방백) 내 일찍이 병법이란 단호해야 하나 오묘해야

한다 일렀거늘, 공수반은 또 일을 그르치고
마는구나. 잘못 쓰면 아군의 미움을 사는 수라
조용하고 섬세히 사용하라 일렀거늘, 과연 군인
아닌 공인답다. 병사들 마음에 작은 파문이
일었으니, 이 일을 어이할꼬. 그저 가만 내버려두면
드넓은 호수에 이는 파도가 될 테지.

자발, 퇴장.

초 1   (맹승에게) 자네는 어찌하여 대부에게 대들었나?
         나도 비록 골육상쟁하기는 싫다만, 그래도
         군인이라면 장수 명 따라야 할 것 아니냐?
초 2   (맹승에게) 자네가 나라 생각하는 마음이 어찌
         진실하지 않겠냐마는 자네가 죽을 수도 있었네.
         미치지 않고서야 그럴 수 있겠느냐.
맹승   아! 모두 내게 미쳤다고 손가락질하지만 좌중을
         살펴보니 제정신은 나뿐이다. 그대들은 저
         곡소리가 들리지 않는가! 차라리 이 한 몸 사지가
         뜯겨나가도 형제의 목에 칼을 겨누는 일을 할 수가
         없다! 어찌 그대들은 슬프지 아니한가! 나, 지난
         전투에서도 활시위 당기지 않았다. 나, 기회만
         있었다면 어떻게든 송 군에 불의한 공격을 알렸을
         것이다! 나, 이번에도 전투에 태업하여 동포에게
         손끝 하나 겨누지 않을 것이다!

맹승의 말에 좌중 동요.

맹승   진정으로 그대들에게 인의가 있다면 나의 뜻을

따를 것이고, 사람 얼굴 겨우 가진 자라면 가족
목에 칼을 겨눌 것이다.

공수반, 입장.

공수반   조용히 하라! 벌써 나태해져 느슨해졌느냐!
하극상한 병사들의 죄를 지금 당장 묻지는 않겠다.
허나 만약 전쟁에서 패한다면 너희는 그 죄를 달게
받을 각오를 하고 진지로 돌아와야 할 것이다.
해이해진 기강을 얼른 바로잡지 않는다면 차라리
죽어 돌아오는 게 나을 것이다! 전군은 운제를
주변으로 진려(振旅)하라! 자리를 확인하고 무기를
들어라! 모두 출격하라!

모두, 퇴장.

4

초혜왕, 병사들, 입장.

초혜왕   운제를 기동하는 만큼 이번이 마지막 전투가 될
것임은 불 보듯 뻔하다. 이 자리에서도 전선에 있는
운제가 큼지막하게 보이는구나. 주변에 선
병사들은 빼곡한 것이 마치 개미 떼 같다. 병사들은
시시각각 전황을 과인에게 보고토록 하라.
초 3   예!
초 4   예!

초혜왕   승기를 잡은 병사들에게는 내 치하를 할 것이니 이
              점을 전장에 아뢰도록 하라.

초 3   예!

초 4   예!

초 3, 초 4, 퇴장.

초혜왕   성벽 위에 선 송 군의 모습은 뵈질 않는다. 병력이
              몇이나 남은 겐지 알 수가 없다. 묵적이 운제를
              파해할 방법을 생각해놓았다는데, 여기선 그
              전략을 짐작조차 해볼 수가 없다.

초 1, 입장.

초 1   상감! 도성 위에 묵적이 나타나 초 군을 향해 소리
              치고 있습니다!

초혜왕   궁지에 몰린 자의 발악일지다! 궐자가 뭐라던가?

초 1   묵적은 우리 군을 향해 불인하다 외쳤습니다.
              아군을 향해 날 벼린 칼을 겨눈 것은 골육상쟁이라
              하였습니다.

묵적, 입장.

묵적   초 군은 모의전을 전쟁으로 비화했다! 초 왕과
              공수반은 모의전이 패퇴의 기로에 놓이자 선약을
              어기고 백성들의 목숨을 앗았다. 초의 병사들 역시
              마찬가지다. 그대들은 불인한 명을 받고도 아무런
              항의 없이 시위를 당겼다. 한데 어찌 반성의 기척

하나 없이 또 뻔뻔히 출군할 수 있단 말이냐.
너희가 조금이라도 하늘이 두렵다면 창과 활을
얼른 손에서 놓아야 할 것이다!

초혜왕　　군위신강(君爲臣綱)을 무시하는 작태일지어다!
위아래도 모르는 자가 어찌 불인을 이르는가!
상명하복은 군인의 도리일진대 어찌 이를
비난하더냐!

묵적　　초 왕은 자신의 불인함을 신하와 왕 사이의 도리로
포장하고 있음을 알라! 내 일찍이 불인한 어버이의
명을 따르는 것은 불인한 것이라 분명히
이르렀거늘, 어찌하여 군신유의(君臣有義)라는
말로 이와 같은 작태를 포장하는 것이냐!

초혜왕　　묵적은 궤변으로 거짓을 참으로 꾸며대지
말지어다! 내 군사들에게 분명히 이르니, 저와 같은
허언에 속아 넘어가는 자는 분명히 참할 것이다!

묵적　　초 왕과의 전쟁에서 짓밟힌 귀객들이 모두 우리
편임을 알지어다! 초나라 군인의 귀신도 묵가의
편을 들었다. 그대가 얼마나 불인한지를 알라!

초혜왕　　개전을 명한다! 얼른 진군하여 저자의 입을
막아버려라!

묵적, 퇴장.
자발, 입장.

자발　　상감! 개전을 아뢰오! 후열에 선 우리 측 궁수들이
활을 쏘며 도성 위의 송 군을 압박하기
시작했사옵니다. 한편, 한쪽에서는 운제를
기동하여 송의 도성 내로의 진입을 시도하고

있사옵니다.

초혜왕 　 송 군은 어찌 반격하고 있는가?

자발 　 예상과는 달리 반격은 단순하옵니다. 운제를 타고 오르는 병사를 향해 몽둥이로 밀어내고, 돌을 떨어트리는 정도에 불과하옵니다. 굴러 떨어지는 돌 역시 크기가 않아 운제에 직접적인 타격을 주지는 못하고 있사옵니다.

초혜왕 　 묵적이 큰소리를 쳤던 것은 역시 당랑거철 (螳螂拒轍)에 불과한 게였나.

자발 　 아군의 운제 총 세 기가 성벽에 붙었사옵니다. 운제 각기에 총 다섯의 병사들이 올라 출진을 하옵고, 아래쪽에서는 각각 열에 이르는 병사들이 출격을 대기 중입니다! 나머지 일곱 기는 후열에서 대기를 하며 전황을 살피는 중입니다.

초혜왕 　 어찌하여 전기로 돌격하지 않고 세 기만 기동했단 말이냐?

자발 　 공수반이 후열의 운제는 궁수를 실어 도성을 향해 직접 활을 쏘라고 명하였습니다.

초혜왕 　 좋다! 양동으로 쏟아지는 화살 맛을 보면 그 높은 콧대가 주저앉을 것이다.

초 1, 입장.

초 1 　 상감! 전황이 이상하옵니다. 활은 도성 내로 가 닿지 않고, 운제에 탄 병사들은 익은 곡식마냥 적의 몽치질에 우수수 떨어지옵니다!

초혜왕 　 뭐라? 혹여 묵적의 말에 병사들이 동요한 것인가?

초 1 　 그 점은 알 수 없으나, 이상하옵니다. 묵적이

	술수를 부린 것인지 장례를 치르기 전보다 병력이
	더 많은 것처럼 느껴지옵니다.
초혜왕	묵적 그놈이 방술이라도 썼다는 얘기인가?
초 1	모르겠사옵니다. 허나, 적군과 아군 간의 사기
	차이는 명백해 보입니다. 적군은 가진 무기가
	없음에도 불구하고 아방을 상대로 맹전을 펼치고
	있습니다!
자발	아무래도 대부가 공인이다 보니 군을 통솔하는
	힘이 부족한가 봅니다.
초혜왕	군사들에게 분명히 상벌을 일렀는데 어찌 우리
	군의 사기가 그렇게 떨어져 있단 말인가! 얼른
	공수반을 불러오라!

초 1, 초 2, 퇴장.

초혜왕	현학자들 신비술 변통한단 얘기 내 들어보기는
	했다만 병력이 줄지 않고 늘었다니 무슨 소린가.
	정말 천귀가 묵적을 돕는다는 말인가?
자발	(방백) 천귀가 나를 돕는구나! 이제 내버려두기만
	하면 공수반은 알아서 거꾸러질 것이다.

공수반, 입장.

공수반	상감! 동요하지 마옵소서. 묵적의 말에 겁에 질린
	병사들이 뜬소문을 내는 것이오! 아방의 군사는 잘
	싸우고 있으며 전황은 초에 무척 유리하옵니다.
초혜왕	송 군의 병력이 늘었다는 말은 무슨 소리요?
공수반	일부 병사의 허언일 뿐이옵니다! 묵적이

괴력난신을 사용했다고 볼 수는 없사옵니다.
묵적이 본디 공인일진대 어찌하여 그와 같은
신비술을 변통하겠습니까?

자발   송 군의 병력이 줄지 않은 것으로 보아, 거짓
장례를 치렀던 것이 아닐는지요? 묵적이 일종의
계책을 펼친 것일 텝니다.

초혜왕   대부는 얼른 전략을 수정하여 도성을 함락하오!
운제 전기를 성벽에 거치하여 병사들을 올려
보내시오! 묵적의 코를 완연히 짓밟아주지 않는
이상 이 전투는 이겨도 이긴 것이라 할 수 없소!

공수반   그리하면 그르칠 것이옵니다! 아직은 적의 전략을
보다 탐색할 시간이 필요하옵니다.

초혜왕   수를 내보시오!

공수반   운제 전기를 도성에 거치하면 필경 묵적은 이를
반길 것입니다. 궐자가 분명 숨겨둔 계략이
있을진대 어찌하여 그 뜻을 읽지 못하십니까.
상감께서는 조급해하지 마옵소서. 일부 병력이
운제를 통해 벌써 도성 내로 진입을 한
상황이옵니다. 소인의 전략은 병기를 생산하듯
단계적으로 차근차근 맞아떨어지고 있사옵니다.

초 1, 입장.

초 1   상감! 초의 도성에 진입했던 병사들이
패하였습니다! 병사들의 손발이 묶여, 성벽 아래로
떨어졌습니다!

초혜왕   공수반은 뭐하는가! 운제를 사용하면 전황이 극과
극으로 달라질 것이라 고한 것이 누구였던가!

공수반   상감! 노여움을 푸십시오! 일시적인 불리함을
        근거로 전황을 그르쳐서는 안 될 것이옵니다. 부디
        상감께서는 소인의 청을 들어주시옵소서. 신은
        본디 전황을 고칠 마지막 수를 알고 있지만 신의
        입으로는 계하지 못하겠사옵니다.

초혜왕   무슨 수인지 일러보아라!

자발   상감. 대부는 날 선 무기를 청하고 있는 것이옵니다.

공수반   청컨대 못난 신하의 마지막 소원을
        허해주시옵소서! 벼린 무기를 들면 병사들의
        사기가 진작할 것이옵니다. 아방의 기가 하늘을
        찌를 것이고, 피방의 기가 땅을 뚫을 터이옵니다.

초혜왕   좋다! 허하도록 한다. 허나 전군을 무장하는
        것보다는 일부 병사들만 무장하도록 하여 벼린
        무기를 무딘 무기 사이에 숨기도록 한다!

초 1, 이에 저항한다.

초 1   한낱 병사가 감히 이르노니, 그와 같은 수는
        병사들의 반가움을 사지 못할 것이옵니다!

초혜왕   병사는 어찌하여 묵적과 꼭 같이 이르는가! 비록
        상명이 그르다 하여도 그와 같이 소리쳐서
        반대해야겠는가.

초 1   상감께서는 부디 통촉하옵소서. 만약 벼린 무기를
        쥐게 된다면 병사들은 전우를 베어야 한다는
        생각에 도리어 사기가 저하될 터입니다. 소인은
        불인(不仁)을 이야기하는 것이 아니라 불리(不利)
        를 일컫는 것이옵니다.

공수반   네 이놈! 상감 명에 저항하는 걸 보니 네놈은

작자들이 보낸 첩자임에 틀림없구나! 네놈이 묵인이더냐!

초 1   소인은 단지 초를 걱정하기에 하는 이야기옵니다. 병사들이 서슬 퍼런 무기 쥐게 되면 태업하겠다 이르는 것을 소인이 분명 들었사옵니다. 하오니 상감께서는 부디 통촉하시옵소서.

초혜왕   태업이라? 일국의 안녕을 손에 쥔 병사들이 그깟 말을 했단 말이냐. 진정 이런 상황에서 우리가 모의전을 승리로 이끄는 것이 가능하단 말이냐!

초 2, 입장.

초 2   전황을 아뢰옵니다! 도성 내로의 진입이 어려워진 상황이옵니다. 예상보다 많은 수의 적군과 병사들의 사기 차로 물량전으로 돌입하지 않는 이상 전황은 더욱 악화될 것으로 보이옵니다.

초혜왕   뭐라! 어찌 가진 것도 없는 송 군이 승기를 잡았단 말이냐!

초 2   그 점은 저도 알 수가 없습니다. 허나 전황이 잠시 정지하자 묵적이 성벽 위에 나타나 이와 같이 이르렀습니다.

묵적, 입장.

묵적   초 왕은 들어라. 그대는 공성을 몇 번이나 시도했으나 단 한 번도 성공하지 못했다. 운제를 활용한 마지막 수 역시 실패했음을 알라!

초혜왕   어찌 묵적은 벌써부터 승리를 계한단 말이냐.

운제가 가동된 건 아직 세 기뿐이다. 주제를
알지어다!

묵적   초 왕은 병력을 백분지 일로 하겠다는 약속을
어겼음을 기억하라! 진짜 송의 도성에는 백 갑절의
병력이 대비하고 있을지니라!

초혜왕   네 이놈! 병력을 백분지 일로 하겠다고 했지,
병기를 백분지 일로 하겠다는 약속을 한 적은 없다.
이는 전략의 한 축일 따름이다.

묵적   초 왕은 이제 그만 패배를 인정하고 운제를 돌려
세워라! 만약 그대가 약속을 지키지 않는다면,
하늘이 더 큰 화를 내릴 것이다.

초혜왕   이 몸 일국의 왕으로서 천명을 실천하고 있는데,
어찌 그대는 하늘을 자기편이라 이르는가!
오만방자한 그대의 콧대를 꺾기 위한 수는 아직도
많이 남아 있음을 알라! 대부! 운제 전기를
전방으로 배치하시오!

공수반   상감! 신중히 결정을 하셔야 하옵니다. 지금은
운제를 활용하는 방안보다 더 좋은 수가 있음을
아룁니다.

묵적   혹여 버린 무기로 대의멸친(大義滅親)을 할
까닭이라면 그만두는 것이 좋을 것이다! 이는
항복의 수로 알아듣겠다!

초혜왕   우리가 어찌 비겁한 수를 다시 사용하겠는가!
대부는 왕의 명에 따르시오!

공수반   상감! 운제는 무거워 기동이 어려운 것이
약점입니다 한 번 도성에 거치하면 그 후엔
돌이키기 어렵사옵니다.

초혜왕   못 하겠다면 내가 하겠소! 후열 운제에 탑승한

궁수들은 활을 거둔다! 운제 전기를 송의 성벽으로 거치한다. 전 병력은 운제에 올라 도성 내로 진입을 시도하라!

묵적   패배를 인정하지 못하겠다는 건가! 나 숨겨둔 비책을 꺼내어 들어 반격하겠다. 송 군은 기름을 운제 전기를 향해 발포하라!

공수반   상감! 저 기름은 신이 땅굴을 파 도성 내로 진입하면 사용하려 했던 그것이옵니다! 부디 운제 전기를 후퇴하도록 하옵소서! 저자는 제가 만들어준 화공 병기를 꺼내 들려는 참이오!

초혜왕   공수 대부는 그 입을 닫으시오! 이미 병사들이 운제에 올라 용감히 진군하고 있는 것이 보이지 않소?

묵적   병사들은 짚더미를 운제 주변으로 던져라!

공수반   상감! 운제에 불을 붙이려는 시도가 분명합니다. 얼른 후퇴해야 합니다!

초혜왕   후퇴는 없다! 도성 내로 몇 사람만 진입하면 송을 점령하는 것은 순간에 불과할 터이다. 점령이 박두했단 말이다!

공수반   운제가 전부 훼손되면 모의전에서는 이길지라도 전쟁에서는 패하는 것이오! 상감께서 순간의 판단 착오로 초는 큰 화를 입게 되는 것이오. 내 비록 상감 명을 거스르더라도 병사들에 명령하겠소! 전군은 퇴각하라! 운제에 유한 병사들은 얼른 내려 운제를 끌고 후퇴하라!

초혜왕   아니다! 돌진이다! 승리가 코앞에 있단 말이다. 송은 병력이 적어 열 기에서 오르는 병사를 모두 떨쳐버릴 수 없지 않은가! 물러서는 자는 내 오형을 모두 내려 벌할 것이다!

공수반   상감! 아니 되오! 묵적이 분명 불을 댕길 것일
           것이오!

묵적   후열에 선 궁수들은 활에 불을 붙여 발사하시오!

공수반   짚더미에 불이 붙습니다! 불이 번지면 운제가 모두
           타고 맙니다! (병사들에게) 모두 퇴각하라! 운제를 한
           기라도 살려내야 한다!

초혜왕   후퇴는 없다!

공수반   상감! 후퇴해야 하오! 더 큰 피해를 입힐 수
           없사옵니다! 무주어후(無主於後)라 이르지
           않으셨사옵니까! 신에게 지휘권을 양도하지
           않으셨소! 모두 후퇴하라!

초 1, 입장.

초 1   활활 타고 있습니다! 더 이상 병사들이 돌입할 수
           없습니다. 겨우 후열의 운제 세 기만이 제 모양을
           갖추었을 뿐이고, 전열에 있던 운제는 그 형체조차
           알아볼 수 없을 지경이옵니다.

묵적   초 왕과 공수반은 불에 타는 운제를 보아라. 전쟁을
           향한 그대들의 헛된 꿈이 연기가 되어 날아가고
           있지 않은가. 이제 그대들은 속히 패배를
           인정하여라.

초혜왕, 자발, 공수반, 정면을 빤히 응시한다.

초혜왕   진정 다음 수는 없는가! 우리가 진정 패한 것이냐!

자발   형세에서 우세했으나, 권모에서 밀린 것이지요.

공수반   상감, 그저 한 번의 전투에서 패한 것뿐이옵니다!
        패배라 일컫긴 아직 이르옵니다. 다행히 운제
        전기가 탄 것은 아니니 불에 탄 녀석들도 일부만
        복구한다면 다시 사용할 수 있을 겁니다.

초혜왕   아니다. 묵적은 열세한 상황에서 우리를 이만치나
        궁지에 몰아넣었다. 허나 과인은 패배한 까닭을
        이해할 수가 없다. 어찌하여 이리 우세한 상황에서
        우리가 패배한 것이란 말이냐?

묵적   그 까닭은 다음과 같소. 초는 모의전을 하였지만,
        우리는 전쟁을 하였기 때문이오!

초혜왕   나 이 모의전도 평시의 전쟁과 다를 바 없이
        임했을진대, 그렇다면 과인이 지금까지 치렀던
        것은 전쟁이 아니었단 말이더냐.

묵적   왕은 전쟁을 지휘하였으되, 전쟁을 치르지
        않았음을 아시오!

자발   상감. 괘념치 마시옵소서. 묵적의 수는
        파악되었으니 실제 송과의 전쟁에서는 절대
        패퇴하지 않을 텝니다.

초혜왕   뼈아프다. 살 아프다. 뼈와 살이 녹아 핏속으로
        흐르는 듯하다. 도저히 아무 생각도 할 수가
        없구나. 나 수없이 많은 전쟁에서 이기고 져봤지만
        지금처럼 아픈 것은 처음이다. 아픈 곳 어딘지 알
        수조차 없구나.

자발   상감. 잠시 몸을 뉘시고 후에 생각토록 하지요.
        지금은 결단을 내리기에 좋은 때가 아닙니다.
        아직까진 패배를 인정해서는 안 될 것이옵니다.
        병사들에겐 도성 주변을 포위하라 명하시고
        한동안 전황을 살피도록 하시지요.

초혜왕   알아서들 하시오.

초혜왕, 자발, 공수반, 퇴장.

       5

묵적.
병사들, 궁녀들, 입장.

병 1   거자! 우리가 정녕 승리한 것이오? 이 몸 도저히
              믿기지가 않아 어찌할 도리를 모르겠소이다.

궁 1   정말로 거자께서 우리를 구하셨소. 아직도 나
              믿기지가 않습니다.

궁 2   이것이 정녕 꿈이 아니란 말입니까? 한데 내 한
              가지 묻고 싶은 것이 있으니, 대저 이런 계책
              있음에도 왜 거자는 우리를 궁지로 몰아넣은
              것입니까?

묵적   운제 전기(全機)가 성벽에 가깝지 않다면 쓸 수
              없는 방략이었소. 한두 대 불 질러보아야 저들은
              후열의 운제를 대피시켜 대비한 뒤 다시 전투를
              치렀을 게요.

병 2   일리가 있는 말이긴 하오만, 거자는 분명 우리에게
              방략 없다 하지 않았습니까?

묵적   내 분명 술책을 생각해내겠다고 말하지 않았소? 이
              술은 내 그 말을 이른 뒤에 퍼뜩 생각난 겝니다.

병 3   아닙니다. 지푸라기 더미를 준비하고 저 검은
              기름을 준비하기까지 분명 시간이 걸렸을 겝니다.

	황차 저 쇠뇌는요? 짧은 시간 생각한 방략이라 할 수 없지요.
묵적	술책이 있음을 알고 싸우는 것보다 궁지에 몰려 대항하는 편이 낫다는 것이 이 몸의 판단이었소.
병 1	과연, 묵자십니다. 그 덕에 우리는 목숨을 건졌구려.
병 2	소인, 당해보니 알겠습니다. 더는 치는 쪽에 못 서겠습니다. 당하는 쪽에 서보니 알겠소. 약자를 치는 쪽에 서는 건 천하에 불의한 일이오. 나, 군인 노릇 더는 못 하겠소.

사이.

궁 2	모두가 살았으니, 죽은 한 사람 목숨이 더 크게 느껴지오.
병 3	결국 우리가 산 것도 그분 덕이지요.
묵적	모두 내게 매몰차다 말할 것이나, 장질은 내게 한 사람이라도 더 살려달라고 부탁하였소. 자신의 죽음을 애도할 시간에 한 번이라도 더 전략을 생각해달라 일렀소.
궁 1	쇤네 전투가 끝나면 후장으로 장질께 보답하려 했으나 그 뜻이 어쩐지 보잘것없소.
궁 2	마지막의 마지막까지 산 연후에나 애도해야 할 것입니다.
궁 3	온 세상 억울히 희생당한 사람 없는 연후에야 애도해야겠지요.
궁 4	게다가 아직 이 모의전도 끝난 것이 아니지 않습니까?
묵적	그렇소. 아직 적들이 성을 포위하고 항복을 알리지

않았으니 전쟁은 끝난 것이 아니오. 전쟁이 모두 끝난 뒤에나 그와 같은 심정을 말하도록 하지요. 이제 그만 자리로 돌아가도록 합시다.

좌중   예.

모두, 퇴장.

묵적   내 어찌 모의전에서 이긴 것을 기뻐할 게냐. 한 사람도 죽이지 않기 위해 낸 꾀가 한 사람의 죽음에 이르렀구나. 전쟁 노릇이 전쟁에 이르러 한 사람의 죽음에 이르렀다. 죽은 사람을 땅에 묻지도 못했으니 그 넋이 여기 이른 듯하다. 나, 그대에게 미안할 따름이오. 내 어찌 그대 넋을 감히 위로할 수 있겠소. 부디 묵의일랑 잊고 편히 잠드시오.

묵적, 퇴장.

6

초혜왕, 입장.

초혜왕   모의전에서 어찌 포위를 하며 시간을 허비하는 것인가. 마치 진짜 공성마냥 몇 달간 포위하다 상대가 굶어 죽기라도 기다릴 터인가! 공수 대부가 지푸라기라도 잡는 심정이라는 것은 알지만, 이미 패배가 확정된 터에 포위를 명한 것은 불의하기 짝이 없는 일이다.

자발, 입장.

자발　　（방백）형세의 계책이 무너지니 권모의 계책이 설
　　　　 때로다.
　　　　 상감. 아뢰옵기 황송하오나, 모의전을 승리할
　　　　 계책이 신에게 있사옵니다.

초혜왕　　나 만약 지휘권을 대부에게 인계하지 않았다면,
　　　　 패배를 거듭 인정했을 것이오. 그러한 상황에서
　　　　 어찌 전 영윤은 승리의 수를 이르는가?

자발　　 상감! 우선 신의 간언을 들어주시옵소서. 묵적이
　　　　 애초부터 거짓으로 전쟁을 했음을 이르옵니다.
　　　　 귈자와 한 약조를 상감께서도 기억하실 텝니다.
　　　　 묵적은 송의 상황을 정확히 반영할 것을 규칙으로
　　　　 삼았을진대, 그자가 고증한 송은 모조리
　　　　 거짓이었음이 밝혀졌나이다. 송의 관리랍시고
　　　　 포박되었던 자를 잊지는 않으셨을 겝니다. 심문을
　　　　 통해 귈자가 진정으로 송인이라는 사실이
　　　　 밝혀졌나이다. 송의 대부인 자한이었나이다.
　　　　 귈자는 송이 수성의 준비가 전연 되지 않은 관계로
　　　　 초에 항복의 친서를 갖고 왔다고 하였나이다.

초혜왕　　묵적의 수성의 수는 모두 거짓이었단 말이냐!

자발　　 그렇사옵니다. 묵적이 애초부터 거짓으로 모의전에
　　　　 임했음을 아뢰옵니다. 하여 우리가 패배한 것이
　　　　 아님을 아뢰옵니다.

초혜왕　　 그 말이 진정이라면 얼른 자한을 이리로 데리고
　　　　 오시오!

공수반, 입장.

공수반	(방백) 영윤의 조언이 모두 술수였단 말인가!
	상감! 신은 벌써 다음 수를 준비 중이옵니다. 아직
	모의전이 끝나지 않았는데, 어찌 자발의 말을
	들으시는 겝니까.
자발	대부, 경거망동하지 마시오. 대부가 전투에서
	패했는데, 신이 살아날 수를 겨우 발견한 것이오.
	만약 대부가 모의전을 진전(眞戰)으로 비화하지
	않았다면 이런 수도 필요하지 않았을 거요!
공수반	그 수는 어르신께서 계하신 것이 아니었소!
자발	전황이 불리해지자 고문에게 과를 묻는 것이오!
초혜왕	조용히들 해라! 아직 모의전이 끝나지도 않았는데,
	너희 공과를 따지느냐! 뭣들 하느냐! 얼른 자한을
	데리고 오라!

초의 병사들이 자한을 이끌고 들어온다.

초혜왕	자한은 고개를 들고 사실을 일러보시오.
자한	소인, 송의 사신으로 칙서를 전달하러 온 송의 사성
	(司城) 자한이옵니다. 소인이 옥에서 갖은 고초를
	당하였기에 말에 조리가 서지 않더라도
	양해하여주시길 초 왕께 앙청하나이다.
초혜왕	쓸데없는 이야기는 줄이시고, 사실만을 계하시오!
자한	소인, 유자로서 송이 묵으로 물드는 것을 언제나
	탐탁지 않게 생각하고 있었사옵니다. 일전에는
	유자들과 연합하여 묵적을 구금한 일이
	있었사온데, 이자들이 그에 앙심을 품고 기회를
	잡아 국기를 문란케 하고 있음을
	탄식하였사옵니다.

초혜왕	내 궁금한 것은 묵적이 속인 실제 송의 상황이오!
자한	묵적이 송에 수성술을 제공하는 대가로 관리와 대부 자리를 요구하였사옵니다. 송공께서는 송이 역사의 뒤안길로 사라지는 것은 원치 않으셨기에 우선은 묵적의 제안을 받아들였사옵니다. 허나, 묵적이 초로 떠난 뒤 저를 비롯한 송의 유자들은 송공께 간언을 드렸나이다. 하여 송은 초에 영토 일부를 내어드리고 항복을 청하기로 하였나이다. 하여 송공께서는 묵자들에게 수성의 수를 멈출 것을 명하였사옵니다.
초혜왕	묵자는 모의전을 이긴 까닭이 진정에 있다 하였는데, 우리가 거짓 수에 패배했단 말이구나!
자한	소인은 무인이 아닌 까닭에 수성의 준비가 얼마나 준비되었는지 상세히 알지는 못하옵니다. 하오나 그저 성벽에 진흙을 바른 뒤에 준비가 중단되었음을 이르옵니다.
자발	상감, 도성에 진흙을 바르는 것은 공성의 기초 단계로, 계서 중단이 되었다면 실상 아무 준비도 되지 않았음을 뜻하옵나이다.
초혜왕	묵적, 이 도적놈이 초를 상대로 화적질을 한 셈이다. 그렇담 송은 호귀(虎鬼)가 출몰하는 야산에 헐벗은 비복과 다를 바 없다는 얘기더냐.
자한	하오니, 왕께서는 부디 송을 긍휼히 여겨줄 것을 간청하옵나이다. 말하자면 초는 비단옷이고 송은 베옷에 불과할진대 송을 쳐 얻을 이익이 무엇이겠사옵니까?

자발, 초혜왕에게 말한다.

자발	상감, 두 번 다시는 없을 기회이옵니다. 이참에 송을 정복하여 멸해야 하옵니다. 신은 송이 부린 농간을 참아서는 안 됨을 아뢰옵니다.
초혜왕	과인의 생각도 같다. 저들을 필히 멸해 싹을 자름이 열국의 미래를 위한 길이다. (자한에게) 자한은 들으시오. 초는 베옷을 피로 물들여야 하겠소. 항복을 받아들이지 않을 것이니, 송으로 돌아가시오!
자한	재고하여주시옵소서! 소인이 초에 오기까지도 갖은 고초를 당하였고, 이곳에 당도하여서도 갖은 고초를 당하였는데, 어찌 그리 손쉽게 거절하시옵나이까!
초혜왕	나라의 일부를 팔아먹어 자신의 권력을 유지코자 하는 작자가 말만 번지르르하다!
자한	부디 재고하여주시옵소서. 송의 여민이 처할 불쌍함을 동정해주시옵소서.
초혜왕	여민이 처한 현실보다 자신의 보신이 중요한 것 아닌가? 만일 그대가 진정으로 나라 생각하는 마음이 있었다면 묵가건 유가건 따질 것 없이 나라에 이익 되는 선택을 했을 것이다!
자한	마지막으로 다시 앙청하옵나이다. 본디 송이나 초나 먼 옛날에는 국경조차 없지 않았사옵니까? 형제를 생각하는 마음으로 부디 양찰하여 주시옵소서. 소인이 갖고 있는 가기 하나 역시 초에 자매가 있다 하더이다.
초혜왕	지금 뭐라고 일렀느냐?
자한	송과 초가 형제와 다를 바 없다는 말이옵니다.

초혜왕	그대 가진 가기가 초에 자매가 있다고 하였다?
자한	예.
초혜왕	그자의 이름이 무언지 이르도록 해라!
자한	소인의 기억이 맞다면 장질이라고 하였사옵니다.

사이.

초혜왕	이 몸이 이름을 잘못 들은 것 같으니 다시 일러보라.
자한	장질이라고 하였사옵니다.
초혜왕	아! 장질이 강원(姜嫄)[38]인 줄 알았더니 포사 (褒姒)[39]였구나! 내 침소 옆에 누워 온갖 달콤한 말을 이르던 그자가 나라를 팔아먹은 자였단 말이냐!! 내 편애한 여자가 겸애하는 묵자였단 말이냐.
공수반	상감! 비록 상감께서 장질을 아끼는 것은 뉘든 모르지 않겠으나, 이는 분명히 대역죄이옵니다. 상감께서 그자를 아끼신 깊이만큼 죄가 깊사오니 부디 장질을 불러들여 죄를 문책하고, 묵적 역시 왕을 농락하고 속인 죄를 따져야 할 것임을 아뢰옵니다.
초혜왕	대부의 말이 이치에는 맞다. 허나 장질은 이 몸이 아끼는 자다.
자발	상감, 비록 장질이 상감을 속인 것은 용서할 수

---

38 기의 어머니. 『열녀전』(列女傳)에서 모범이 되는 여성으로 등장한다.
39 주유왕(周幽王)의 첩으로, 서주시대를 멸망케 한 장본인으로 평가받는다.

없는 일이오나, 묵가의 현학이 장질의 정신을
혼란케 한 것이 분명하옵나이다. 허니 장질은
살리고 묵적만을 참하는 편이 낫겠습니다.

공수반　　아니 되옵니다! 대역죄에 벌을 묻지 않는다면 나라
　　　　　기강이 서지 않을 것이옵니다.

자발　　　상감. 장질이 대역죄인이란 사실을 아는 자는 예
　　　　　있는 자들밖에 없사옵니다.

초혜왕　　조용히들 하라! 어찌 일국의 대왕으로서 사사로운
　　　　　감정에 휩싸여 한낱 가기에 죄를 묻지 않겠느냐.
　　　　　허나, 장질은 이 몸을 진정으로 보필하였으니, 그
　　　　　점은 분명 참작하여야 할 것이다. 오형(五刑)을
　　　　　내리는 일은 이치에 맞지 않다.

공수반　　상감, 우왕(禹王)은 상벌을 공정히 내렸사옵니다.
　　　　　부디 결단을 재고하여주시옵소서.

자발, 생각한다.

자발　　　상감! 소인에게 좋은 수가 있음을 아뢰옵니다.

초혜왕　　무엇인가?

자발　　　묵적은 해하되, 장질은 해하지 않는 수이옵니다.
　　　　　허나 장질에게 죄를 문책하는 뜻은 분명한
　　　　　수이기도 하옵나이다.

초혜왕　　자발은 말이 길다! 뜻을 분명히 아뢰라!

자발　　　묵적의 목을 장질이 베도록 하는 것이옵니다. 이는
　　　　　장질의 죄를 따져 묻는 것이오나, 동시에 장질의
　　　　　목숨을 해하지 않는 유일한 수일 것이옵니다.

초혜왕　　자발의 말이 이치에 맞구나! 그대의 말대로 한다면
　　　　　장질의 죄를 묻되, 장질을 해하지는 않는 유일한

수이다. 묵적을 불러들여 죄를 문책하는 것이
좋겠다. 얼른 그자를 이리로 불러오너라. 그냥
부른다면 오지 않을 것이니, 모의전의 승패를
따지기 위해 그자를 부르는 것이라 일러라.

초 2, 퇴장.

공수반 상감, 신이 다시 한 차례 간언 드리옵니다. 죄는
　　　　원칙에 따라 물어야 하고 벌도 원칙에 따라 내려야
　　　　하옵나이다. 자발이 이른 수에 꾀가 없다고는 할 수
　　　　없을 것이나 지나치게 번잡하여 죄인이 벌을 피할
　　　　궁도가 있을 것이옵니다.
자발　　대부는 그 입을 닫으시오! 그대가 잘했더라면
　　　　애초에 이런 일도 없었을 것!
초혜왕 자발의 말이 맞다. 대부는 가만히 있으시오!
자발　　상감, 신이 걱정되는 점이 단 한 가지 있사오니,
　　　　그를 빗겨갈 수 있다면 아무런 일도 일어나지 않을
　　　　것이옵니다.
초혜왕 자발의 걱정이란 무엇이오?
자발　　묵적은 교단을 이끄는 두목이며, 각국의 농공
　　　　(農工)에 영향을 끼치는 자이옵니다. 만약 그자를
　　　　벤다면 반발이 만만찮을 것이옵니다. 허니 그자가
　　　　스스로 벌을 따르도록 해야 할 것이옵니다.
초혜왕 방법은 무언가?
자발　　묵적이 벌을 따르겠다는 말을 스스로 하도록
　　　　유도해야 할 것이옵니다. 만약 그자가 대가로
　　　　무엇을 원할지라도 들어주옵소서. 어차피 그자를
　　　　베고 나면 약조는 없어지는 셈이오.

초혜왕　　자발의 꾀는 그야말로 심의(深意)하구나. 그 꾀가
　　　　　마치 양유기(養由基)[40]의 화살처럼 묵적의
　　　　　모가지에 백발백중한다면, 나 자발을 다시
　　　　　영윤으로 앉혀 송과의 공성을 그대의 첫째
　　　　　과업으로 삼겠소!

공수반　　(방백) 아, 전쟁은 곧 궤도(詭道)며, 병불염사
　　　　　(兵不厭詐)[41]라. 자발의 계책은 적을 향함이 아니라
　　　　　자리를 향함이었구나.

초 2, 묵적을 데리고 들어온다.

초 2　　　명에 따라 묵적을 호송하여 왔습니다.

묵적　　　(방백) 저들이 모의전의 승패를 따지자고 불렀지만
　　　　　어딘가 미심쩍구나.
　　　　　초 왕께서는 패배를 인정하셨으니 송과의 흥융은
　　　　　단념하시지요.

초혜왕　　우습소. 참으로 우습소. 묵자는 진정으로 한 점의
　　　　　부끄럼 없이 승리를 이른단 말이오?

묵적　　　초가 부끄러운 짓을 했지, 이 몸은 그런 짓을 한
　　　　　바가 없소이다.

초혜왕　　태연자약하게 거짓을 말하고 있을지어다. 그렇담
　　　　　우선 이자의 얼굴부터 보도록 하시오. 자한은
　　　　　얼굴을 들어 묵적을 보라!

묵적, 자한의 얼굴을 보고 놀란다.

40　백발백중 고사의 주인공으로, 초장왕, 초공왕 때의 장수이다.

41·전쟁에서는 어떤 속임수를 써서라도 승리해야 한다는 뜻.

묵적	소인은 모르는 자요.
초혜왕	자한은 어떻소?
자한	저자는 송의 질서를 문란케 하고, 교언으로 송공을 홀린 묵적이 분명하옵니다.
묵적	아, 정녕 자한 그대가 송을 멸망케 하는구나.
초혜왕	자한 저자를 끌고 나가라!

초 1, 초 2, 자한과 함께 퇴장.

초혜왕	묵적은 이래도 승리라고 이르겠소?
묵적	열세한 모의전에서 대승을 했는데 어찌 패배라고 이르겠소! 내 비록 거짓으로 송을 증거했다 하더라도 그 증거 역시 무척 불리하였음을 잊어서는 안 될 것이오. 수세에서 대패한 자들이 무슨 이유로 승리라고 이르오!
자발	네 이놈! 규칙을 잊었느냐. 송의 상황을 정확히 재현하기로 하였지 않느냐!
묵적	벼린 무기를 쓰지 않기로 함도 규칙이었소. 초 역시도 규칙을 어겼음이니, 결국은 전투의 승패로 모의전의 결과를 논하여야 할 것이오!
자발	규칙을 먼저 어긴 쪽이 패한 것이다!
초혜왕	그만하면 됐다. 묵적에게 이르노니, 우리의 패배를 인정하겠소. 허나, 그대가 초를 희롱하였음을 인정하여야 할 것이오. 그러니 초는 그대의 죄를 묻겠소.
묵적	좋소. 허나 모의전에서 승리하였으니 송과의 흉융을 단념한다는 약조를 지키시오.
자발	(초혜왕에게) 저자의 목을 벨 터인데, 지금 하는

약조에 무슨 의미가 있겠사옵니까?

받아들이시지요.

초혜왕　　좋소. 과인은 송과의 흥융을 단념하겠소. 그러니
　　　　　죄가 무엇이든 내 말함 그대로 달게 받을 것이란
　　　　　약조를 하시오.

묵적　　　좋소! 일국을 구하는 일인데 그 약조가 목숨을
　　　　　해한다 해도 무엇이든 받아들일 테요! 왕명이
　　　　　무엇이든 그대로 달게 받아들일 터이니, 약조나
　　　　　지키시오!

초혜왕　　그 약조 잊지 마시오! 다시 무를 수 없소! 과인은
　　　　　장질이 묵가에 전쟁을 알린 첩자라는 사실을
　　　　　알았소. 그러니 장질에게 명해 그대의 목을 치겠소.
　　　　　장질을 불러오시오!

묵적, 미친 사람처럼 웃는다.

묵적　　　장질이 끝끝내 한 목숨을 더 구하는구나!

초혜왕　　얼른 장질을 이곳으로 데려오시오!

묵적　　　왕께 다시 묻겠소. 진정 그 명을 그대로 받으면
　　　　　송과의 흥융을 단념하는 것이 확실합니까?

초혜왕　　일국의 제를 지내는 몸으로 약조하는 바요.

묵적　　　이 몸은 그 명을 달게 받고 싶으나 받을 수가 없소.

초혜왕　　그렇담 과인 역시 송과의 흥융을 단념할 수 없는
　　　　　바요.

묵적　　　아니요. 왕께서는 약조하신 대로 할 수밖에 없을
　　　　　것이오.

초혜왕　　무슨 말 같잖은 이야기를 하는 겐가!

묵적　　　왜냐하면 이 몸이 그 명을 받고 싶어도 받을 수

없기 때문이오! 왕께서는 똑똑히 들으시오! 장질은
그대가 쏘라 명한 활에 맞아 죽었소!

사이.

초혜왕 무엇이라?

묵적 하여 그 명은 이 몸이 받고 싶어도 받을 수가 없소!

자발 저자가 우리를 속이고 있는 것이 분명하옵니다!

묵적 송에서 치른 장례의 당사자가 바로 장질이었소.
활에 맞아 죽은 사람 단 하나뿐이었으니 바로 그가
장질이었소.

자발 상감! 정녕 저자의 말이 맞아 장질이 죽었다 해도,
저자의 죄가 없어지는 것은 아니옵니다. 병사를
시켜 저자를 참하소서.

묵적 왕께서는 말함 그대로 행하라 했지, 반만 행하라
하지 않았소. 그러니 장질이 아닌 다른 누가 나를
벤다는 것은 있을 수 없는 일이오.

자발 그것은 궤변이오! 그 풀이는 마치 백마는 말이
아니라고 말함과 같다![42]

초혜왕 그만두라!

사이.

초혜왕 진정으로 장질이 죽은 것이 사실이더냐?

묵적 … 장질의 시신은 성내에 보관 중이니 얼마든
확인하시오.

---

42 명가의 대표적 현학자 공손룡의 '백마론'(白馬論).

초혜왕	그렇담 나 죽은 사람에게 죄를 물었단 말인가!
자발	상감! 저자의 말을 믿을 수가 없사옵니다. 저자는 분명히 또다시 우리를 희롱하고 있음이오!
초혜왕	자발은 그 입 닫아라! 나, 며칠 사이 평생을 산 듯한 기분이다. 묵적은 들으시오. 송과의 흥융은 그만두겠소.
자발	상감!
초혜왕	말을 삼가시오. 과인의 뜻을 꺾을 생각일랑 그만두시오. 자발은 그만 나가보시오! 다시 이 몸 볼 생각 하지 마시오!

자발, 퇴장.

초혜왕	묵자는 좋겠소. 천 명 죽을 전쟁을 단 한 사람 죽음으로 끝냈구려.
묵적	그자, 내가 죽인 것이 아니라 왕께서 죽인 것이오.
초혜왕	아니오! 그런 짓을 하늘에서 허할 리가 없소. 하늘의 법도가 그리 몰인정할 수 없소. 아끼는 자를 제 손으로 죽이는 그런 법도는 하늘 아래 없소!
묵적	아니오. 천명 아닌 왕명이었소.
초혜왕	묵적은 그만두시오. 우리가 패배를 인정하겠소. 그러니 내 탓인들 그만하시오. 초가 송에 패했다! 초가 묵에 패했다! 초는 흥융은 단념하겠다! 묵적은 그런 눈으로 이 몸 보지 마오. 나 죽을 때까지 전쟁 치를 생각 단념하겠소. 그러니 제발 나를 그리 보지 마오. 이 몸은 더 이상 그대 얼굴 못 보겠소. 그만 나가겠소.

초혜왕, 퇴장.

공수반   내 묵자께 패했음을 인정하오. 정말로 그대 곁을
         천귀(天鬼)께서 돕는구려. 얕은 권모란 술수에
         불과하고, 깊은 뜻은 하늘이 먼저 알아 도우니 내
         어찌 묵자께 비길 수 있겠소.

공수반, 퇴장.

묵적   사람 하나 죽은 일에 어찌 천명을 이르시오.
         세상천지 모든 넋 달랜 뒤에 하늘 이름 욀 수
         있음이오. 전쟁 하나 막은 일에 어찌 천명
         이르시오. 세상천지 모든 전쟁 없앤 뒤에 하늘 이름
         욀 수 있음이오. 한 사람의 목숨이란 하늘의
         뜻보다도 무거운 법이니, 그 누구도 천명을 사람에
         앞서 댈 수 없는 노릇이오. 벌써 시간이 이리
         지났구나. 이제 또 길고 긴 길을 가야 한다. 멀고
         멀고 요원하다. 이제 나서보자.

7

어두운 밤, 비가 내린다.
소쩍새 우는 소리.
성벽을 지키는 병사는 꾸벅꾸벅 졸고 있다.
조용히 성벽 앞에 당도한 묵적(墨翟).

묵적   급히 송에 볼 일이 있어서 왔으니 성문을

	열어주시오.
병사	송에 방문한 까닭은 무엇이냐?
묵적	송공을 뵈러 왔소.
병사	헤진 옷에 겨우 거지꼴을 면한 놈이 허언도 남다르다. 그래, 까닭이 무어냐?
묵적	전쟁을 막았음을 고하러 왔소.
병사	미친놈— 이름은 무엇이냐?
묵적	묵적이라 하오.
병사	네 이놈, 어찌 노숙객이 묵가의 두목을 칭한단 말이냐. 내 네놈이 수상해 문을 열어줄 수 없으니 내일 다시 오라.
묵적	급한 일이오.
병사	급한 일이어도 어쩔 수 없다. 내일 다시 오라.
묵적	이보시오! 이보시오!

돌아오지 않는 대답.

비가 내린다.

소쩍새 우는 소리.

묵적, 비에 옷이 젖는다.

막.

이음희곡선

묵적지수(墨翟之守)

처음 펴낸날   2019년 6월 26일

지은이   서민준
펴낸이   주일우
펴낸곳   이음
등록번호   제2005-000137호
등록일자   2005년 6월 27일
주소   서울시 마포구 월드컵북로1길 52, 3층
전화   02-3141-6126
팩스   02-6455-4207
전자우편   editor@eumbooks.com
홈페이지   www.eumbooks.com

ISBN   978-89-93166-92-7 04810
                    978-89-93166-69-9 (세트)

값   7,800원

+ 이 책은 서울문화재단 남산예술센터와 협력하여
   제작하였습니다.

+ 이 책 전부 또는 일부를 사용할 때에는 반드시 이음의
   허락을 받아야 합니다.

+ 이 도서의 국립중앙도서관 출판예정도서목록(CIP)은
   서지정보유통지원시스템 홈페이지(http://seoji.nl.go.kr)와
   국가자료공동목록시스템(http://www.nl.go.kr/kolisnet)에서
   이용하실 수 있습니다. (CIP제어번호:CIP2019022975)